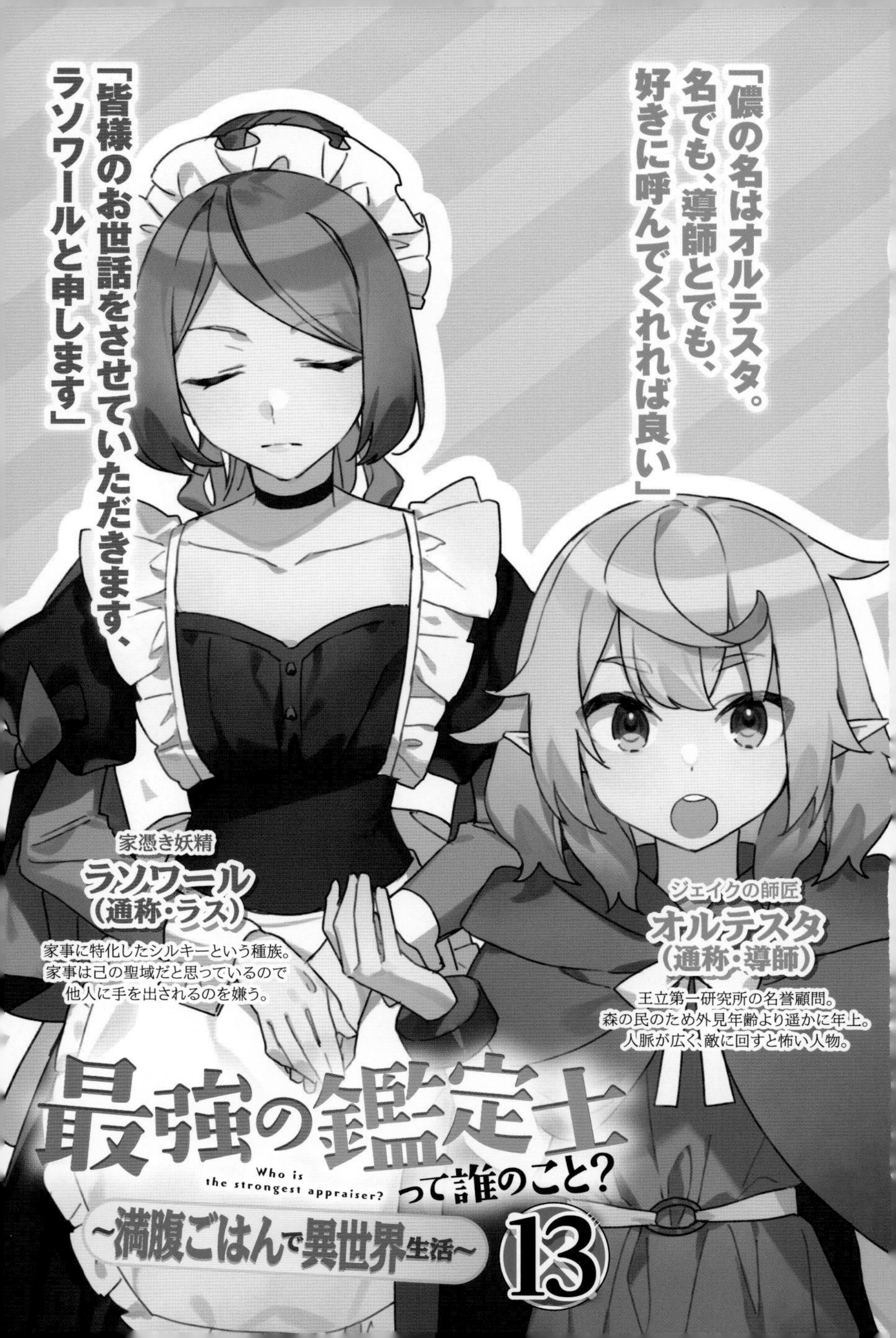
「儂の名はオルテスタ。名でも、導師とでも、好きに呼んでくれれば良い」
「皆様のお世話をさせていただきます、ラソワールと申します」
家憑き妖精
ラソワール
（通称・ラス）
家事に特化したシルキーという種族。
家事は己の聖域だと思っているので
他人に手を出されるのを嫌う。
ジェイクの師匠
オルテスタ
（通称・導師）
王立第一研究所の名誉顧問。
森の民のため外見年齢より遥かに年上。
人脈が広く、敵に回すと怖い人物。
最強の鑑定士って誰のこと？
Who is the strongest appraiser?
～満腹ごはんで異世界生活～
13

鍋にごま油を入れたら完成！
異世界転移した男子高校生
釘宮悠利
手順③
手順①で切ったキノコを全部入れ、煮る。
手順④
鍋を煮ている間、メインのレタスの準備をしておく。
丸ごとの状態からひっくり返し、
掌で芯の部分に体重をかけて押し込み、
一度くしゃっとなったら、芯の周囲に指を入れて、
ねじるようにして芯を引っこ抜く。
芯を抜いた後、葉をバラバラにして水洗いし、
食べやすい大きさにちぎり水を切っておく。

レタスしゃぶしゃぶを準備！
手順1
今回のレタスしゃぶしゃぶに使うスープは、大量のキノコを使用。
シイタケは、石突きを取り除き食べやすい大きさにスライスし、
シメジは根っこを落としてバラバラに解す。
エノキも根元を落とし、半分に切っておく。
手順2
沸いたお湯の中に、鶏ガラの顆粒出汁、
塩、酒、醤油を加える。
《真紅の山猫》の訓練生
ヘルミーネ
《真紅の山猫》の訓練生
クーレッシュ
《真紅の山猫》の訓練生
レレイ

# 卯の花サラダ

## 材料

おから（生タイプ）、キュウリ、ビアソーセージ（ベーコンなどでも可）、マヨネーズ、塩胡椒

## 作り方

①薄切りにしたキュウリに塩を揉み込んで水気を抜く。
②ビアソーセージを薄切りにする。
③しっかり水気を切ったキュウリと、薄切りにしたビアソーセージをおからと一緒にボウルに入れる。
④マヨネーズに塩胡椒を混ぜてからボウルに入れ、材料を混ぜ合わせれば完成！

作るときのポイントは、キュウリの水気をしっかり切ること！あとは、ビアソーセージを他の材料に変える場合は味の濃いものを選ぶといいよ

# 最強の鑑定士って誰のこと？
Who is the strongest appraiser?
## ～満腹ごはんで異世界生活～
13

港瀬つかさ ill.シソ

口絵・本文イラスト
シソ

装丁
木村デザイン・ラボ

# お品書き

Who is the strongest appraiser?

# プロローグ　ご飯が進む、生姜醤油漬《しょうがじょうゆづ》けのお肉

下校途中に異世界転移した男子高校生、それが彼、釘宮悠利《くぎみやゆうり》である。何故そんなことになったのかはちっとも解《わか》らない。ただ彼は、ダンジョンの中で迷子になっていたところを、クラン《真紅の山猫《スカーレット・リンクス》》のリーダーであるアリーに保護された。

《真紅の山猫》は初心者冒険者をトレジャーハンターに育成する、基礎を教えるクランだ。そこに身を寄せた悠利は、趣味特技である家事の腕前を生かしておさんどん担当として生活している。

転移特典なのか解らないが、鑑定系の最強技能《スキル》であるチートすぎる【神の瞳《ひとみ》】を所持することになったが、当人はお構いなし。食材の目利きや仲間達の体調管理、時々悪者を見抜くという感じで、のんびりと家事担当としての楽しい日常を過ごしています。

「これまた、大量のお肉だねぇ」

のほほんとした口調で悠利が告げる。まさにその通りだった。どどーんと目の前に積み上げられたお肉の山。比喩《ひゆ》ではない。本当に山なのだ。

「その、オイラ、自分で捌《さば》いた分は持って帰って良いって言われて……」

「俺も、手付きが良いなって褒められて、つい……」

「人数多いし、肉はあっても困らないだろうと思ったんだ……」

「……頑張った」

肉を持ち帰った見習い組の四人は、ぼそぼそとそれぞれの言い分を口にした。まぁ、いずれも間違っていない。ヤックは申し訳なさそうに、ウルグスは明後日《あさって》の方を向きながら。カミールは様子を窺《うかが》うような顔で、マグはほぼ無表情ながらオーラがどや顔。四人それぞれの反応だった。

机の上に並んでいるのは、ビッグフロッグの肉だ。口々に告げた理由の通り、四人が冒険者ギルドで捌いて持ち帰ってきた物になる。

鶏《とり》のモモ肉のような味わいのビッグフロッグの肉は庶民御用達《ごようたし》のお肉であり、《真紅の山猫》でもよく使っている。馴染《なじ》みの食材とも言えた。

ビッグフロッグは定期的に沼地で大量発生する。その討伐は冒険者ギルドではお馴染みの仕事であり、そこから肉が納品されることでお店でも安く買えて悠利にとっても嬉《うれ》しい話だ。今回はそこに、人手が足りないからと見習い組が解体作業で参加していたのだ。

本来、解体作業を手伝った場合は賃金が支払われる。肉は必要としているお店に卸されるのが通常の流れだ。しかし、今回はかなりの量だったため、解体作業の報酬として現物支給が追加されたのだという。

そして、各々が説明した通りに、彼らは張り切った。頑張った。肉を持って帰れば、悠利が美味《おい》しいご飯を作ってくれると信じているので。

更に言えば、真面目にせっせと解体作業に励む彼らを、他の冒険者やギルド職員達が褒めてくれたのも影響している。誰だって褒められれば嬉しいので。

そんなわけで、とても一食では使い切れないほどのビッグフロッグの肉が悠利の目の前にあるのだった。

「どうせだから、全部味つき肉に仕込んじゃおうか」

「「へ？」」

「皆が手伝ってくれるなら、作業もそんなに大変じゃないと思うし」

にっこり笑顔で悠利が告げた内容に、四人はきょとんとした。この大量の肉は、使う分を残して保存されるのだと思っていたので、予想外の返答に戸惑っているのだ。

しかし、悠利は皆の困惑など気にとめない。名案だと言いたげにうきうきと何にしようかと考えている。安定のマイペースだった。

「よし、生姜醤油の味のお肉にしよう。これならさっぱりもするから、食が細い人でも食べやすいと思うし」

一人納得している悠利。見習い組を置いてけぼりだが、悠利なので仕方ない。美味しいご飯を作ろうと考えているときの彼は、こんな感じだ。

立ち直りが一番早かったのはヤックだ。悠利と接する機会が一番多いのも理由だろう。それとは別に、ヤックは悠利の作るご飯が大好きだし、手伝うことで自分もレシピを覚えようと一生懸命なのだ。

「ユーリ、それ、どんな感じになるの？」

「焼く前に、調味料にお肉を漬け込んでおくんだよ。長く漬け込むと、味が染みこんで美味しくなるんだよね」

「へー、それで、生姜醤油？」

「そう。ニンニクは、あんまりいっぱい使うと仕事に支障が出ちゃうでしょ？」

美味しいんだけどね、と笑う悠利に、ヤックはなるほどと頷《うなず》いた。ニンニク醤油で味付けをした肉は美味しい。それは間違いない。

しかし、ここの住人は冒険者なのである。戦闘や採取のイメージから個別で仕事をしているように思われがちだが、依頼相手と顔を合わせることも多いので、何だかんだで対人職である。そんな彼らがニンニクの匂いをぷんぷんさせるのはあまりよろしくない。

美味しいご飯を食べて貰《もら》いたいが、仕事に支障が出るのはよろしくない。それは悠利のモットーなので、ニンニクを使うのは休暇前だったり、香り付けに微量だったりにしている。例外は葉ニンニクだが、なかなか手に入らないので本当にレアケースだ。

ちなみに、葉ニンニクとは、ニンニクの味や香りをしっかり持っているのに、食べても匂いが残らない野菜である。市場で時々売っているので、見つけたら嬉々《きき》として買い込んでいる悠利だ。カレーに入れたり、炒《いた》め物に混ぜると大変美味しいのである。

「と、いうわけだから、肉を切り分ける人と、生姜をすりおろして絞り汁を作る人に分かれてくれるかなー？」

「それじゃ、ウルグスはとりあえず生姜の方で」

「何でだよ」

「すりおろすのって結構力がいるから」

問答無用で生姜担当にされたウルグスが反射でツッコミを入れるが、カミールは平然と答える。確かにその通りだった。元が柔らかいものだとしても、すりおろすというのは結構大変な作業だ。それを思えば、一番力のあるウルグスがそちらに回されるのも当然だった。

すりおろして絞り汁を使う場合、生姜の皮は剥《む》かなくても良い。多少皮の風味が入ってしまうが、野菜というのはだいたい皮の内側に栄養が集中していたりするので、そのままする方が良いのだ。ただし、皮が極端に汚れている場合などは除去する方が望ましい。

その面倒くさい作業の担当には、話し合いの結果ヤックが選ばれた。見習い組の最年少は、そういう細かい作業を厭《いと》わないのだ。包丁の使い方も随分と上手になっているので、ヤックは笑顔で皮剥き（というか汚れの確認と除去）担当を引き受けた。

肉の量が量なので、生姜も大量に必要となる。ボウルに生姜を詰めこんだ二人は、必要な器具を持って食堂スペースの方へと移動した。台所スペースは肉を切る三人が使うので、邪魔にならないようにである。

「それじゃ、生姜は二人に任せて、僕達は肉を切り分けようね」

「りょーかい」

「諾」

「焼くときに火が通りやすいように、今回はそぎ切りにしようか。厚みを均一にする方が、綺麗《きれい》に焼けるからね」

カミールとマグを相手に、悠利は見本として肉を一切れ作る。ビッグフロッグの肉はブロック状態にされているので、元がカエルだと思わずに作業出来るのが良い点だった。……ごく稀《まれ》に、「あ、これ足だ……」と思うような部位も交ざっているが。

そぎ切りというのは、厚みのある材料をそぐように切る手法だ。ざっくり言うと、食材に対して斜めに包丁を入れる感じになる。寝かせた包丁を手前に引くようにして切るのだ。

ちなみに、この切り方にすると切り口の表面積が大きくなるので、均等に火が通ったり、味が染みこみやすくなるのだ。今回のように肉を漬け込みたいときにはもってこいの切り方だ。

「こんな感じ。大きすぎても困るけど、あんまり小さく切っちゃうと焼いたときに縮んじゃうから、ほどほどで」

「あいよ。大量にあるから、頑張って切らないとな」

「……肉」

「「マグ？」」

「……肉、美味、必要」

いつも通りの無表情っぽい顔で呟《つぶや》くと、マグは黙々とビッグフロッグの肉の切り分け作業に入った。職人気質なところのあるマグなので、それはもう見事なそぎ切りを作っていく。それほど速いわけではないが、均一の厚みで作り上げられていく肉はなかなかに見事だ。

そんなマグを見つつ、彼が呟いた言葉の意味が解らない悠利とカミールは顔を見合わせた。相変

わらず、マグは言葉が足りていない。以前に比べれば多少は単語が増えた気がするが、それでもやっぱり二人には解らないのだ。

「何が言いたいのか気になるから通訳呼ぶか？」

「いやー、重要でもないのに呼んだら、ウルグス怒るんじゃない？　向こうも作業してるんだし」

「それもそっか。んじゃ、後で聞いてみようぜ」

「そうだねー。僕らじゃ解らないからねー」

マグの言っていることを正確に理解出来るのは、《真紅の山猫》でもウルグスだけだ。付き合いの長さというだけでは片付けられない、謎特技である。ウルグス自身は特別なことをしているつもりはないらしいが、周囲に言わせれば十分に特殊能力だ。

とりあえずマグの発言内容については横に置いて、悠利とカミールも切り分け作業に入る。膨大な量のビッグフロッグの肉なので、三人がかりでもなかなか終わりそうになかった。

「切り終わったらとりあえずボウルに入れておいてね」

「おー」

「諾」

元気よく返事をしたカミールとマグ。そうして、三人それぞれが肉と戦うのであった。

生姜の絞り汁を作るウルグスとヤックも、ビッグフロッグの肉を切り分ける悠利達《たち》三人も一生懸命に頑張って、ひとまず作業が一段落する。ちょっと疲れたので、各々で水分補給をするのを忘れない。水分補給は大事である。

一息吐《つ》いたところで、仕切り直しだ。大きいボウルを幾つも作業台の上に並べ、悠利は調味料を手にする。用意したのは、ウルグスとヤックが一生懸命作った生姜の絞り汁に、醤油と酒だ。いたってシンプルなラインナップである。

「それじゃ、ボウルに調味料を入れるね。全部入れたらしっかり混ぜ合わせる」

「分量は？」

「目分量？」

「……またかよ……」

てへ？　と言いたげに小首を傾《かし》げる悠利に、カミールはがっくりと肩を落とした。悠利の料理は基本的に目分量で成り立っている。お菓子やパンはきっちり量って作らなければいけないと解っているが、料理に関しては目分量と味見で成立すると思っている悠利なのである。

そんな悠利の方針で鍛えられているとはいえ、初見の料理で目分量と言われても困る四人だった。しかも、生肉を漬け込むので味見が出来ない。八方塞《ふさ》がりだ。

「えーっと、味見は出来ないけど、何となく味を確認する方法はあるんだよ」

「え？」

「調味料を混ぜて肉を漬け込んだ後に、匂いで判断するっていう」

「「匂い……？」」

そんなので解るのかと言いたげな四人に、悠利は解るよと笑った。嗅覚《きゅうかく》というのは意外とバカに出来ないのだ。そもそも、味覚と嗅覚は連動している。鼻が詰まっていると味がよく解らなかったりするのがそれだ。

「生姜の匂いが強すぎるなぁとか、逆に醤油の匂いしかしないなぁとかだったら、調整してみれば良いと思う」

「でも基本は目分量なんだろ?」

「ごめんねー。僕、そもそも大さじ小さじで量って料理をするとか苦手でー」

「「知ってる」」

料理の技能が高いからそうなのかと思う見習い組だが、実際は元々そういう風にしか料理をしていないからだ。やったことのない方法では出来ないのである。

そんな問答をしつつ、調味料を混ぜて漬けダレを作ったボウルに切り分けた肉を入れていく。漬けダレにしっかり入っていないと意味がないので、分量はそこで調整する。肉がしっかりタレに漬かっているのを確認したら、別のボウルでも同じ作業を繰り返す。

……何せ、肉の量が膨大だ。目分量と言われて一生懸命に調味料を混ぜながら、見習い組も頑張っている。全部悠利《ゆうり》が担当すれば美味しく仕上がるのは解っている。それでも、あえて悠利は最初のボウル以外には手を出さなかった。

勿論《もちろん》、途中で口を挟んだりはする。悠利の指摘通りに調味料を追加して、大量のビッグフロッグの肉は全てボウルに漬け込まれることになった。

「それじゃ、せっかくだから今夜はこれを焼いて食べようね。今から漬けておけば、しっかり味が染みこむと思うよ」

「美味《うま》いんだよな？」

「美味《おい》しいよ」

「よっしゃ！」

一同を代表して問いかけたのはウルグス。悠利の返答にガッツポーズをするぐらいにはお肉大好きだ。そんな彼の背後では、他の三人も同じようにガッツポーズをしていた。美味しいお肉は大歓迎なのだ。

「でも、何で生姜醤油《しょうがじょうゆ》にしたんだ？」

「照り焼きっぽい濃い味付けだと、食の細い面々があんまり食べられないかなーって思って。それでなくても、ビッグフロッグの肉はバイパーの肉に比べて脂があるでしょ」

「あー、なるほど。そういうことか」

素朴な疑問を口にしたカミールは、悠利の説明に納得したように頷いた。ビッグフロッグの肉は庶民御用達《ごようたし》のお肉であるが、鶏のモモ肉に似ているだけあって多少脂がある。対してバイパーの肉は鶏のムネ肉に似た味わいで、あっさりさっぱりしている。女性陣や食の細い面々は、そちらの方が好みだったりするのだ。

しかし、これだけ大量の肉があると、頑張って食べてもらわなければならなくなる。大食いがいるとはいえ、小食メンバーのために別のメインディッシュを用意するのは大変だ。少人数ならまだしも、《真紅の山猫《スカーレット・リンクス》》は総勢二十一人の大所帯なので。

「肉食とか大食いの面々は割と何でも気にしないで食べるから、心配いらないんだけどねー」

「レレイさんとか、肉なら何でも良《い》いもんね……」

「美味しいと思う範囲も広いから、レレイのご飯は楽ちんなんだよねぇ」

「「物凄《ものすご》く解る」」

悠利の呟きに、一同力一杯頷いた。肉食大食い代表とも言えるレレイは、何でも食べる。基本的に、本当に、どんな味付けでも食べるのだ。苦手なのは猫舌なので熱いもの。後は、生魚も少し苦手らしい。けれどそれぐらいだ。後は何でも食べる。

大食いという意味では、ブルックやリヒト、ラジ、マリアなどの前衛組もそこに含まれる。フラウも女性にしては健啖家《けんたんか》で、男性陣と同じぐらいには食べる。マリアはダンピールという人間ではない種族であるためか、ほっそりとした外見からは想像出来ないぐらいに食べる。それは猫獣人の血を引くレレイも同じで、彼女達は見た目を裏切る大食いコンビだった。

後、前衛組ではないがアリーもよく食べる。基本的に、《真紅の山猫》に所属している成人男子はよく食べると考えて良いだろう。

彼らは、どちらかというと魚より肉を好み、がっつりと食べられる料理や濃い味付けの料理を好んでいる節がある。とはいえ、それでも極端な好き嫌いはない。基本的に、悠利が出す料理は美味しいと喜んで食べてくれるので。

そんな中の例外枠として、人並みの食欲の男性陣がクーレッシュとヤクモだ。

ただし、別に彼らは小食ではない。年齢と性別、体格に見合った食事量と言える。自分の限界や好みをしっかり理解している二人で、彼らが食べ過ぎると言うことはほぼほぼない。上手に食事をしていると言えるだろう。

「うちは基本的に皆、よく食べるもんなー」

「身体《からだ》が資本だからねぇ。僕としては、食べてくれる方が安心だよ」

「そうなのか？」

「そりゃそうだよ。食が細いってことは、体力がつかないってことだからね。無理しないか心配になっちゃうよ」

ジェイクさんとか、と悠利がぼそりと呟く。油断するとすぐにアジトで行き倒れる学者先生を思い浮かべ、見習い組はそっと明後日《あさって》の方を向いた。あの人に関しては、大人だと思うと色々と切なくなるのだ。

食の細いメンバーと言えば、他《ほか》には人魚の吟遊詩人イレイシアがいる。悠利と同じ十七歳だが、元来小食の美少女だ。小食とはいえ好き嫌いはほとんどないので、問題はない。

最近では、生魚が食べられると分かると顔を輝かせてよく食べる一面もある。美味しいご飯を喜ぶ清楚《せいそ》系美少女、プライスレスだ。

ティファーナは小食というほどではなく、女性としては平均的に食べる。ミルレインはよく食べる方かもしれないが、育ち盛りの少女の食欲の範疇《はんちゅう》で収まっている。そういう意味では彼女達は女性の食事量として普通の範囲だろう。

他の小食組というと、アロールとロイリスだ。最年少である十歳児のアロールと、小柄なハーフリング族のロイリスは、胃袋も小さかった。ただし、彼らは身体も小さいので、必要な分はきちんと食べている。

つまりは、食が細い面々で一番心配なのは、やっぱりジェイク先生になるのだ。

「小食組は脂っこいものとか濃い味付けばっかりだと胃もたれしちゃうみたいだから、僕も色々考えるんだよね」

「ユーリもそんなに食べる方じゃないもんな」

「作るのは好きなんだけどねー」

のんびりと笑う悠利に、見習い組は声を上げて笑った。確かにその通りだと思ったのだ。悠利は食べることも好きだが、料理を作る方が楽しそうだ。食べたいものを作るというのもあるが、誰《だれ》かに食べてもらうために作るときが、一番生き生きしている。

皆にしっかり食べてもらおうと考えたときに、考慮するのはやはり小食組が気に入るかどうかだ。今日の生姜醤油に漬けた肉を喜んで貰《もら》えるかどうかが気になる一同だった。

ちなみに、まだ身体の出来上がっていない成長期まっただ中の見習い組は、全員それなりによく食べる。一番食べないのはヤックだが、その彼だって悠利よりは食べる。健全な少年達だ。

面白いのが、一番食べるのが体格の良いウルグスで、その次によく食べるのが小柄なマグというところだろうか。年齢で言えば上二人なのだが、小柄なマグはヤックとさほど変わらない体型をしている。その彼がウルグスに張り合うほどに食べるときがあるのだから、世の中は不思議だ。

主に、食べた分がどこに消えているんだろうという意味で。質量保存の法則がどう考えても無視されていた。食べた分が身になっていないのは色々とおかしい。マグは食べても食べても、小さく細く、ちんまいというイメージから抜け出せない体格のままだった。

「それじゃあ、洗い物をして他のおかずに取りかかるから、料理当番はよろしくお願いします」

「はいよ」

本日の料理当番であるカミールは、悠利の言葉に元気よく返事をした。他三人は、頑張れと告げて去っていく。料理当番以外は自習のお時間だ。日々、鍛錬を忘れてはいけない。

去っていく仲間達を見送って、悠利は傍《かたわ》らのカミールと顔を見合わせた。これからが彼らの大仕事だ。今日もおさんどんに全力投球する悠利だった。


そして、夕飯の時間。

しっかりとタレに漬け込んだビッグフロッグの肉は、生姜醤油の味をきっちりと吸収していた。焼いた瞬間に香ばしい匂いが漂い、皆の食欲を刺激したほどだ。そして今、その肉は大皿にどどーんと盛られていた。

何せ、大量にあるのだ。なくなったらお代わりを焼けば良いとばかりに、大量に。なので、いつもならば悠利が口にする「皆でちゃんと分けてくださいね」という一言はなかった。本日はお代わり自由です。

「んー！　このお肉、めちゃくちゃ美味しいね！」

満面の笑みを浮かべて肉を頬張《ほおば》っているのは、レレイだ。安定である。お肉大好き大食い娘は、白米の上にタレがたっぷり染みこんだお肉を載せてご満悦だ。そうすることで、ご飯にタレの味が付いて美味しくなるらしい。大食いらしい考え方だ。

ビッグフロッグの肉は鶏《とり》のモモ肉に似た食感で、しっかりと脂がのっている。がぶりと齧《かじ》り付けば、タレと肉汁が混ざって口の中で旨味《うまみ》が広がるのだ。少し焦がしたような醤油の香ばしさに、生姜のさっぱりとしていながらキリリとした存在感が際立つ。そこに肉本来の旨味が加わり、美味しさの共演だった。

ヘタをしたら一人で大皿を平らげそうなレレイだが、焼けば良いだけの状態で肉がスタンバイしていることを知っているので、見習い組は焦らない。いつもなら、四人がかりで必死にレレイを止めようとするのだが、今日は平和だった。お代わり自由のパワーである。

大食いや肉食のメンバーは、特に問題なく食べていた。そもそも彼らはいつだって沢山食べてくれるので問題ない。しいて言うなら、テーブルによっては大皿の中の肉の減り方がえげつないというぐらいだろう。概《おおむ》ね平和だ。

そんな中で、悠利は視線を小食組へと向けた。皆、ちゃんと食べているだろうかと気になったのだ。……自分も、他人を気にしてばかりであまり食べないと思われているとは、ついぞ考えない悠利である。人間、自分のことはよく解らないものだ。

悠利の視線の先で、ロイリスとアロールが表情を緩めながら肉を食べていた。パンを半分に割って、その間に挟むというアレンジをしている。生姜醤油味の肉とパンの相性はどうなんだろうと白米を食べている悠利は思ったが、口には出さなかった。どんな風に食べるかは各人の自由である。

「これ、サラダも一緒に挟むと良い感じかも」

「あぁ、確かにそれは美味しそうですね。アロール、流石《さすが》です」

「別に流石ってほどじゃないと思うけど」

付け合わせのサラダを肉と一緒にパンに挟み、即席サンドイッチみたいな状態にして食べているアロール。彼女に教えられたロイリスは、いそいそと同じようにサラダと肉をパンに挟んでいた。小柄コンビは、自分達《たち》の胃袋に合った美味しい食べ方を共有するのに余念がなかった。

かぷりと齧り付けば、パンの柔らかさと染みこんだ生姜醤油の味が口に広がる。ビッグフロッグの肉は元々火を入れてもそこまで固くならないが、長時間タレに漬け込んだことでいつもよりかみ切りやすくなっている。そこにサラダのシャキシャキ食感が加わって、絶妙なバランスだ。パンと肉と野菜のハーモニーは完璧《かんぺき》だった。

小柄組が美味しそうに食べている姿は実に微笑《ほほえ》ましい。普段はクールな姿が目立つアロールだが、そんな彼女でも美味しいご飯を食べているときは表情が緩む。そういう意味では、年齢相応の姿が見られるとも言えた。

良かったなーと悠利が思っていると、ぺしんと軽く頭が叩《たた》かれた。痛みはない。呼びかける代わりのような仕草に視線を向ければ、呆《あき》れた顔をしたアリーと目が合った。

「アリーさん?」

「周りを気にしてねぇで、お前もちゃんと食べろ」

「あ、はい」

仲間達の食事風景を見る方に意識がいってしまい、自分の食事がなおざりになっていたことを突っ込まれた悠利《ゆうり》は、大人しく頷《うなず》いた。見れば、大皿の上の肉は随分と減っていた。早いなぁと思いながら、いそいそと自分の小皿に肉を取る。アリーが教えてくれなければ、空っぽになった大皿を見るハメになったかもしれない。

もぐもぐと肉を咀嚼《そしやく》しながら、悠利は隣で黙々と食事を続けるアリーを横目で見た。見ていないようで、いつもよく見てくれているのがアリーだ。流石お父さんと声に出さずに心の中で呟《つぶや》く悠利。口に出したら確実に怒られるので。

そんな悠利のお茶目な感想に気づいたのか、アリーがちらりと視線を向ける。ただし、口に出していなかったので、バレることはなかった。食べてますよと悠利が伝えれば、それなら良いと引き下がってくれる。やっぱりどう考えてもお父さんだった。

口を動かしつつ、悠利は仲間達の様子を確認する。どのテーブルも、美味しそうに食べていた。ジェイクやイレイシアといった、普段はあまり肉を食べない面々もしっかりと食べている。それが解《わか》って、一安心だった。どうやらこの味付けは、皆の好みだったらしいと解って。

「そういや、今日は何でお代わりに制限がないんだ？」

「お肉、いっぱいあるんですよね。お代わりの分は、焼けば良いだけの状態になってるので」

「……あいつらが持って帰ってきた肉、そんなにあったのか？」

「割とどかーんと。解体作業、頑張ったみたいです」

「そうか」

まだまだ未熟な見習い組だが、それでも出来ることは日々増えている。今日の美味しい食事はその成果が影響していると解って、アリーの表情がほんの少し緩んだ。普段は厳しいリーダー様だが、仲間思いの優しい男なのだ。言われると本人は否定するが、皆が知っていることだ。

そんなアリーの庇護《ひご》下にあるから、悠利もこんな風にのんびりと日常を過ごしていられる。最強の保護者様のおかげで、彼は今日も仲間達と美味《おい》しいご飯を堪能することが出来るのでした。平和って素晴らしい。

# 第一章　日常とちょっとの非日常

雲一つない青空の下で、悠利はせっせとシーツを干していた。ただし、ここは彼のホームである《真紅の山猫《スカーレット・リンクス》》のアジトではない。

「ルーちゃん、ここは僕だけで大丈夫だから、廊下の掃除とかお願いして良《い》い？」

「キュイ！」

悠利の提案に、忠実な従魔のルークスは元気よくぽよんと跳ねた。任せて！　と言いたげなルークスに悠利の表情も綻《ほころ》ぶ。今日もルークスは実に愛らしいスライムだった。

ルークスが元気に跳ねて去っていくのを見送って、悠利は目の前のシーツの山へと向き直る。今日の天気は快晴。絶好の洗濯日和《びより》だ。このシーツも、きっとすっかり乾いてくれることだろう。

せっせとシーツを干す悠利。足音が聞こえて振り返れば、そこには片手で枕カバーの入ったカゴを持った青年の姿があった。

「アルガさん、洗濯は僕が担当するって言ったのに……」

「運ぶぐらいさせてくれ。枕カバーなら、重くないしな」

「それなら良いですけど、無理しないでくださいね？　腕の怪我《けが》に障りますから」

「あぁ。解ってるよ。ありがとう」

悠利の言葉を、アルガは素直に受け入れた。いつも元気にこの宿屋《日暮れ亭》の看板息子として働いている青年は、利き腕である右手に包帯を巻いていた。数日前に怪我をしたのだ。

宿屋《日暮れ亭》は、主に看板息子のアルガと、その母である女将《おかみ》で切り盛りされている。隣接する大衆食堂《木漏れ日亭》が看板娘のシーラと父親であり店主であるダレイオスで切り盛りされているのと、ほぼ同じ状況だ。食事の一切を隣の《木漏れ日亭》に任せることによって、多少の労力は減っている。

そのアルガであるが、先日、ちょっとした諍《いさか》いの果てに右手に傷を負った。決して深い傷ではないが、しばらくは日にち薬で無理をしない方が良いと言われる程度には、痛めている。解りやすい傷跡はないが、強い力でひねられたせいで痛めてしまっているのだ。

重ねて言うが、《日暮れ亭》は母と息子の二人で切り盛りされている宿屋だ。主戦力であるアルガの利き腕が使えなくなってしまった結果、臨時で従業員を補充する必要が出た。

しかし、だからといってすぐさま人手が確保出来るわけでもない。

何せ、誰でも良いというわけではないのだ。宿屋は客商売である。いくら裏方の雑用を担当してもらうとはいえ、素性の知れない相手にお願いは出来ない。トラブルの元は招けないのだから。

そこで、白羽の矢が立ったのが悠利だった。

発端は、アルガが幼馴染《おさななじ》みであるティファーナに相談したことだ。《真紅の山猫》は冒険者育成クランであるが、所属している面々は仕事をえり好みしない。小遣い稼ぎ程度の感覚で、誰か手伝ってもらえないだろうかという話だった。

勿論《もちろん》、ちゃんと賃金は出る。賃金どころか、昼食は隣の《木漏れ日亭》で好きなメニューが食べられる。食事込みで、安全な宿屋での裏方業務。予定が合えば誰《だれ》かしら参加してくれるだろうという感じだった。

実際、見習い組や訓練生から、希望者は出た。ただ、その中で何故《なぜ》か実際にお手伝いに出向くことになったのは、悠利だった。

そもそも、悠利は自分から手伝いに行くとは言っていない。彼にはアジトで日々おさんどんをするという重要任務がある。炊事洗濯に掃除（これはルークスが大部分を引き取っているが）というのは、毎日きっちり続ける大変重要な仕事なのである。

だが、その悠利に《真紅の山猫》の頼れるリーダー様であるアリーは、こう言ったのだ。

――お前、気分転換に余所《よそ》で働いてみたらどうだ？

一種の職業体験《ジョブ》みたいな感じだった。

他《ほか》の面々と違って、悠利は基本的にアジトから出ない。買い物ぐらいは行くが、彼の行動範囲は本当に狭い。交友関係がないわけではないけれど、日々様々な依頼や修業を経験する皆とは明らかに経験値が異なるのだ。

宿屋の手伝いならば、おさんどんが得意な悠利でも十分に務まるだろう。また、アルガとは顔見知りだ。悠利のぽやぽやした性格と、しれっとやらかしてしまう規格外な部分もしっかり把握してくれている。そういう意味で、安全な場所だとアリーも判断したのだろう。

そんなわけで、悠利は昨日から《日暮れ亭》でアルバイトをしている。護衛役のルークスは当然のようについてきている。なお、廊下や水回りの掃除を嬉々《きき》として引き受けるので、ヘタをしたら悠利以上に戦力になっていた。安定のルークスである。

ちなみに、悠利がアルバイトでいない間の家事は、見習い組が協力して頑張っている。ところどころ訓練生も手伝っている。普段、悠利に頼りきりなので、たまには自分達で全部やってみろというリーダー様からのお達しでもあった。

まぁ、何だかんだで見習い組の四人も成長しているので、数日悠利が家事を離れても問題はない。多少質は落ちるかもしれないが、以前のようにがっかり残念レベルにまで落ちこむことはないのだ。皆、日々進歩しているので。

そういった背景があるので、悠利も気兼ねなくアルバイトに励んでいる。昼食はダレイオスの美味しいご飯が食べられるし、夕飯は見習い組が作ってくれたお家《うち》ご飯が待っている。外で働く身としては、至れり尽くせりで完璧だ。

……恐らくはそのうち、「料理したいなー」という欲求がこみ上げるのだろうが。そうなる前にアルバイトは終わるだろうというのが、悠利とアリーの予測である。

「それにしても、アルガさんも大変ですよね。いきなり絡まれるなんて」

「あー……。まぁ、珍しいことでもないからなぁ」

「そうなんですか？　そんなに治安が悪いと思わなかったんですけど」

「治安云々《うんぬん》じゃなくて、誤解と逆恨みと八つ当たりだとは思うんだが」

「へ？」

やれやれと言いたげにため息を吐《つ》いたアルガに、悠利はきょとんとした。宿屋の看板息子殿の口から出てくるには、随分と不似合いで物騒な単語の羅列だった。思わず「どういう意味ですか？」と問いかけてしまうほどだ。

そんな悠利に、アルガは肩をすくめてから説明をしてくれた。悠利が予想もしなかった説明を。

「ティファがモテ過ぎるのが原因だよ。あいつに言い寄って袖《そで》にされた男達は、大概が俺を逆恨みするんだ」

「……はい？」

「俺は幼馴染みで、むしろ兄弟みたいなもんだって説明してるんだが、ちっとも信じてもらえなくてな……。ちょくちょく喧嘩《けんか》をふっかけられるんだよ」

「……うわぁ」

ティファとは《真紅の山猫》で指導係を務める素敵なお姉さん、ティファーナのことだ。おっとりとした雰囲気と女性らしい柔らかな美貌《びぼう》の持ち主で、それはそれはおモテになる。確かに、年齢問わずに秋波を送られている感じのお姉さんだ。

そのティファーナとアルガは、幼馴染みという関係だ。兄弟みたいなものと本人が言うように、家族ぐるみで仲良くしている。アルガの妹であるシーラなど、ティファーナのことを「ティファ姉」と呼んで慕っているほどだ。

つまりは、特定の相手を作っていないティファーナの一番近い場所にいる異性がアルガなのである。《真紅の山猫》の男性陣は、そういう枠に認定されていないらしい。

まぁ、恐らくはアルガの方が親しく見えるからだろう。実際に親しいのだが。

「ティファーナさんがモテるのは知ってましたけど、まさかアルガさんにしわ寄せがいってるとは思いませんでした」

「勿論、そんな奴《やつ》らばかりじゃないし、大抵はちょっと嫌みを言われたりする程度だけどな。……何か今回は、手を出してきたけど」

「物騒ですねぇ……」

「俺にそんなことしたって、ティファがなびくわけないいんだけどなぁ……」

「むしろ逆効果じゃありません？」

「それな」

悠利の言葉に、アルガはしみじみと頷いた。大切な幼馴染みに危害を加えられて、それでティファーナが自分に振り向いてくれると思っているなら、随分とおめでたい脳ミソである。普通に考えて、嫌われる未来しか見えない。

大事な幼馴染みに怪我をさせられたと知ったティファーナがどれほど怖いかを、悠利はうっすらと知っている。直接見たわけではない。ただ、少しだけ、そう、すこぉーしだけ、お姉さんの纏《まと》うオーラが怖かっただけだ。

そんな悠利と違い、目の前でお怒りのティファーナを見たアルガはぼそりと呟いた。

「どう考えてもティファに粛清される未来しか見えない」

「アルガさん、アルガさん、発言が物騒です」

「ティファは割と物騒なんだ」

「知ってます」

たおやかな美貌のお姉さんだが、ティファーナは怒らせたら物凄《ものすご》く怖いタイプだ。斥候タイプなのでパワー自慢ではないが、ナイフの腕前は見事なもので、更にいえば容赦がないタイプ。彼女を怒らせた相手の冥福《めいふく》を祈って合掌する二人だった。

「とりあえず、洗濯は僕がやるのでアルガさんは事務作業とかお願いしますね」

「片手でも出来ることぐらいは手伝うけど」

「ダメですよー。無意識に利き腕を使っちゃうんですから。ニナ先生にも、動かさないように言われたんですよね？」

「解《わか》った、解った。片手で出来る簡単な作業に戻るよ」

「はい、そうしてください」

降参と言いたげに手を挙げたアルガに、悠利《ゆうり》はにっこりと笑った。無理しないでくださいねと微笑《ほほえ》む笑顔はほわほわしているのに、アルガを諫《いさ》めたときの声音はかなり真剣だった。悠利は怪我や病気なのに無理をする人には厳しいのだ。

アルガが屋内に戻っていくのを見送って、悠利も洗濯に戻る。シーツを干し終われば、次は枕カバーだ。布団を毎日干すのは難しいので、せめてシーツだけはこまめに洗濯するらしい。《日暮れ亭》は冒険者御用達《ごようたし》の宿屋なので、連泊者が多いので余計にだ。

宿の名前は日暮れだが、物干し場の日照条件はかなり良く、見事な晴天である本日は洗濯物がしっかり乾くだろうと悠利は上機嫌だった。宿泊客の衣類の洗濯も有料で請け負っているそうだが、今日は希望者がいなかったので仕事が一つ減った気分だ。

そんな風に大量の洗濯物を片付けた悠利は、次の仕事を探して屋内へと戻る。《日暮れ亭》は共同浴室を備えた宿屋だ。流石《さすが》に各部屋に風呂《ふろ》を付けるのは難しいが、こぢんまりとした家族経営の宿屋で数人で入れる風呂があるだけでも十分凄《すご》い。

ついでにいえば、部屋の内装をシンプルにし、食事を省いていることで、料金はリーズナブルだ。連泊割引も存在する。そのため、節約したい冒険者達《たち》に愛されているのだ。

なお、風呂は一回分ずつ料金を都度支払う方式になっている。それでも、余所の風呂屋に行くことを考えれば随分と楽だし、値段も法外なわけではない。面白いのは、経営者一家がここに住んでいるので、彼らもそれを利用していることだろうか。勿論、男女は別である。

「廊下はルーちゃんに任せたから、お風呂掃除とか備品のチェックかなー」

個室に風呂がないおかげで、掃除の手間は随分と減っているなぁと思う悠利。彼の脳裏に浮かんでいるのは所謂《いわゆる》ビジネスホテルだ。清掃担当の皆さんが忙しく掃除やベッドメイクをしていたのを思い出す。それを思えば、掃除する風呂が二カ所で済むのは助かる。

てくてくと歩いていれば、廊下の端からむにむにと移動してくるルークスを発見した。賢いスライムは、今日も元気に廊下掃除に励んでいた。隙間に入り込んだ塵《ちり》や埃《ほこり》すらも見逃さず、ピカピカに磨き上げてご満悦である。

「ルーちゃん、お疲れ様」

「キュ！」

「もしかして、ここが最後なの？」

「キュイ」

えっへんと言いたげに胸を張るような仕草をするルークスに、悠利は目を丸くした。昨日の今日で、間取りを覚えて効率よく掃除をする方法を考えたらしい。昨日よりも随分と早く掃除が終わっていた。

賢い従魔に、悠利はぱぁっと顔を輝かせた。お仕事を頑張ってくれたルークスを、悠利は思いっきり褒めた。

「凄いよ、ルーちゃん。昨日よりずっと早いね。それに、凄くピカピカだし。アルガさん達も喜んでくれると思うよ」

「キュピキュピ」

「それじゃあ、もうちょっとお願いするね。僕はお風呂の掃除に行ってくるから」

「キュー！」

「え？」

廊下はルークスに任せれば大丈夫だと理解した悠利が笑顔で告げて去ろうとした瞬間、ルークスが悠利の足にしがみついた。ダメーと言いたげな行動に、思わず間抜けな声を上げる悠利。

……ついでに、身動きがまったく出来なくなった。可愛《かわい》い見た目を裏切るハイスペックな魔物であるルークスは、悠利を傷つけない程度にがっちりホールドしているのだ。どうやら、何か訴えたいことがあるらしい。

「ルーちゃん、どうしたの？」

「キューイ！」

「ルーちゃん？」

悠利には、ルークスの言葉は解らない。ルークスは賢いスライムだが、スライムなので人間の言葉は話せない。魔物使いのアロールならばその言葉を全て理解出来るが、悠利には無理なのだ。

ただ、そんな悠利にも解ることはある。ルークスは賢いので、意味のない行動は取らないということだ。つまり、悠利の先ほどまでの発言や行動に関して言いたいことがあるのだろうと推察した。

「えーっと、お風呂掃除に行くなってこと？」

「キュウ！」

「何で⁉」

「キュキュー」

その通りだと言いたげに返答されて、悠利は思わずツッコミを口にしてしまった。宿屋のお手伝いをしているのだ。風呂掃除は立派な業務である。何で邪魔されるのかまったく意味が解らなかった。

そんな悠利に、ルークスはジト目になった。咎《とが》められているような気がして、えぇーと困惑する悠利。賢すぎる従魔の言いたいことが、何となく、本当に何となくだが、解った気がした。

「……もしかして、お風呂掃除は自分の仕事だから僕がやっちゃダメってこと……？」

「キュイ！」

「……そっかぁ……。確かにいつもやってもらってるけど、ここまでルーちゃんが全部しなくても良かったんだよ……？」

「キューイ」

「うん、解ったよ。それじゃあ、お風呂掃除はルーちゃんにお願いするね」

「キュ！」

ようやっと納得する返答がもらえたと、ルークスは嬉《うれ》しそうに跳ねた。悠利が自分の仕事をとらないと理解したら、うきうきで廊下掃除に戻っていく。お掃除大好きスライムを見送って、悠利は困ったようにため息を吐いた。

「ルーちゃんがお風呂掃除までやってくれると、僕の仕事が見付からないんだけどなー」

まさかの、予想外の方向での困りごとだった。アルバイト代はしっかりもらえることになっているので、悠利としてはちゃんと仕事がしたいのだ。だというのに、護衛とお手伝いに連れてきた従魔が有能すぎて仕事がないというまさかの展開である。珍妙すぎる。

やろうと思っていた仕事がなくなった悠利は、素直にアルガにそのことを伝えに行った。指示を仰ぐためだ。

「アルガさん、仕事がなくなっちゃったんですけど」

「は？」

「お風呂掃除やろうとしたら、ルーちゃんに自分の仕事だから取るなと言われました……。廊下掃除は全部ルーちゃんが終わらせてます……」

「……っ、あはははは！」

神妙な顔で告げた悠利に対して、アルガは大声で笑い出した。見事な大爆笑だ。何もそこまで笑わなくても良いじゃないですか、と悠利はぼやく。ぼやきたくなったのだ。

腹を抱えて大笑いをしたアルガは、目尻《めじり》に涙を滲《にじ》ませながら悠利の肩を叩《たた》いた。慰めるような仕草だが、顔が相変わらず笑っているので面白がられているのは明白だった。

「いや、悪い悪い。相変わらず有能なスライムだな」

「ルーちゃんが有能なのは事実ですけど……。僕のお仕事がないので、何かお仕事くださいい」

「洗濯が終わって、廊下と風呂掃除はルークスがやってて、か。となると……」

「お仕事、ください……」

考え込むアルガに、悠利はしょんぼりと肩を落としながらお願いした。別にワーカホリックではないのだが、アルバイトとしてやってきたのに仕事がもらえないのは少しばかり悲しいのだ。ちゃんと働かせてください、という気分になる。給料泥棒にはなりたくないので。

仕事がなくなったなら休憩しようと思わない辺りが、悠利だった。なお、休憩時間はちゃんと用意されているし、疲れたら休んでも良いとは言われている。その辺はとてもホワイトなアルバイト先である。

しばらく考え込んだアルガは、笑顔で悠利に提案した。多分、とても彼に向いてるだろう仕事を。

「受付とか廊下とかに置いてある花瓶に、花を飾ってくれるか？　母さんが準備してるんだが、俺にはイマイチどういう風にすれば良いか解らないんで」

「僕もそういうセンスはあんまりないんですが……」

「それでも、俺よりは綺麗《きれい》とか可愛いとか解るだろ？」

「多分？」

「多分じゃなく、確実にな」

小首を傾《かし》げる悠利に、アルガは笑う。趣味特技が家事全般で、可愛いモノや綺麗なモノをこよなく愛する乙男《オトメン》である悠利の方が、アルガよりもそういう意味での美的感覚は備わっているはずだ。そういう意味では、きっと適材適所だろう。

とにかく、新しい仕事を貰《もら》った悠利は、解りましたと力強く頷《うなず》いて指示された場所、花の保管場所へと走っていく。その背中はどこか楽しそうだった。自分がお役に立てるのが嬉しいと、滲み出ている感じで。

その背中を見送って、アルガはぼそりと呟《つぶや》いた。掛け値なしの本音を。

「ルークスとセットで物凄く有能過ぎるから、出来れば繁忙期に手伝いに来てほしいな……」

家事能力の高い悠利と、掃除能力が高すぎるルークスのタッグは、宿屋のお手伝いとして完璧《かんぺき》過ぎたのだ。しかも、どちらも嫌がらず笑顔で仕事を引き受けてくれる。どう考えたって好感度が爆上がりである。

更に言えば、宿泊客にも大人気だ。

ちんまりしたスライムのルークスがせっせと廊下掃除をしている姿は愛らしいし、どこからどう見ても子供の悠利が元気に走り回って仕事をしている姿も微笑ましい。仕事をしながら癒やしを振りまいている主従なのだ。

「とりあえず、また頼めるかはアリーさんにも相談するか」

小さく呟いて、アルガは自分の仕事に戻る。宿屋の看板息子は忙しいのであった。

なお、有能過ぎる悠利とルークスをまた借りたいというアルガの考えに、「それならこっちにも来てほしいんだけど！」とシーラが言い出すのでした。もしかしたら、またお手伝い依頼が悠利達に舞い込むのかも知れません。

◇◇◇

夕食にはない自由さがある。

《真紅の山猫《スカーレット・リンクス》》の昼食は、日によってメニューがまちまちだ。夕食もまぁそうなのだが、昼食にはどれぐらい自由かと言えば、悠利が「この料理作ってみたいなぁ」とか「この料理食べたいなぁ」というレベルでメニューを決定しても大丈夫なぐらいに。

基本的に《真紅の山猫》の食事事情として、昼食が一番人数が少ない。朝食と夕食は何か特別な予定が入らない限り、ほぼ全員参加なのに対して、昼食は皆が出払っているので少人数になるのだ。

そして、今日もその法則に当てはまる、少人数でお昼ご飯の日だった。

本日の昼食メンバーは、悠利の他《ほか》にはフラウとアロール、そしてロイリスとミルレインだ。見習い組は全員お勉強に出掛けている。というか、最近では昼食は悠利《ゆうり》一人で担当することが増えている。人数も少ないので、わざわざ修業を抜け出して手伝いを求めるほどでもないからだ。

フラウはアリーの代わりに留守番を担当しており、何かあっても気付きやすいようにとリビングでくつろいでいるはずだ。《真紅の山猫》での暗黙の了解として、全員で出掛けてアジトを空っぽにするとき以外は、大人が一人は滞在するというものがある。

《真紅の山猫》はクランの規模としては小さいが、それでも多くのメンバーを抱えているのは事実だ。何かあったときに連絡を取れるようにしておくのは当然であり、また、アジトで自習に励むメンバーが困ったときの相談役でもあった。

後、最近ではマイペースかつうっかりで色んなことをやらかす悠利の監視役も兼ねている。まぁ、監視と言うほど厳しくはない。しいていうなら、見守り隊が出来ているという感じだろうか。放置すると色々怖いので。

アロール、ロイリス、ミルレインの三人は、各々部屋で勉強をしている。

それぞれ、魔物使い、細工師、鍛冶士《かじし》という、普通の戦闘職とは微妙に異なる三人は、外へ出掛けずに机に向かって勉学に励むことが多かった。また、物作りコンビの二人は、世話になっている工房へ出掛けることも多い。

とりあえず、今日の昼食メンバーは悠利を入れて五人で、更に言えばそこまで桁違《けたちが》いの大食漢は存在しない。フラウが女性にしては健啖家《けんたんか》ではあるが、胃袋ブラックホールレベルで食べるレレイ達に比べれば常識の範囲である。

そして、悠利を含む四人はそこまで食べない。ミルレインがまだ食べる方だが、少女の旺盛《おうせい》な食欲ぐらいで収まっているし、ちんまり小柄なアロールとロイリスは身体《からだ》に合わせた食欲しか持っていない。悠利も同じくなので、五人分とはいえ一人で作るのに支障はなかった。

こういうときに悠利が優先するのは、食の細いメンバーの好みだ。人数が少ないときだからこそ、食の細い面々の好みの料理を提供し、沢山食べてもらおうという考えである。少しでも美味《おい》しく食べてほしいという思いからだ。

それというのも、食の細い面々はあまりリクエストをしてこないのだ。大食いメンバーはというと、気に入った料理や食べたい料理があると、元気よく悠利にリクエストしてくる。そこに、大人も子供も関係ない。なので、心配しなくても彼らは好物にありつけている。

「アロールの好きなものっていうと、……チーズかな」

クールな十歳児のアロールは、なかなか自分の好物を主張しない。悠利が知っている限りでは、チーズとオレンジが彼女の好みだ。口には出さないだけで表情が緩むので、気に入った料理は何となく把握している。

……なお、それを本人に確認すると大変なことになるのが解《わか》っているので、大人しく黙っている。十歳児は色々と難しいお年頃なのだ。

とりあえず、方針は決まった。食の細いアロールが喜んで食べてくれるような、チーズを使った何かを考える。冷蔵庫にある食材と組み合わせて何が作れるか、という話である。

「スープは朝のキノコとベーコンのスープが残ってるからそれにして、お弁当に使った塩キュウリとプチトマトとブロッコリーが残ってるからそれも出してー」

残り物も有効活用することを忘れない悠利だった。最後まで美味しくいただくのが大切だ。

冷蔵庫の中を覗《のぞ》き込むと、ごろんと転がるキャベツが目に入った。キャベツとチーズの相性は悪くないので、使う食材の一つ目としてキャベツは決定だ。

「キャベツとチーズ……。焼いてチーズを載せる……？　それとも、蒸す……？」

キャベツに下味を付ければ、チーズを載せるだけで十分美味しい何かに化けるのは想像が出来る。シンプルだが美味しいだろう。しかし、今ひとつ物足りない。後一声、である。

何かないかなぁと考える悠利の視界に、卵があった。

卵は基本食材としてなるべく切らさないようにしている。シンプルなゆで卵も美味しいし、朝食によく使うからだ。今日は使っていないが、そういう理由で卵のストックは余裕がある。

そこで悠利は閃《ひらめ》いた。卵とキャベツとチーズの相性は、悪くない。この三つを使おう、と。

「えーっと、うーんと、アレにしよう。巣ごもり玉子のチーズ焼き」

メニューが決まったので、悠利はうきうきと準備に取りかかる。

ちなみに、巣ごもり玉子というのは敷き詰めた千切りのキャベツの上で目玉焼きを作るものだ。キャベツが鳥の巣のように見えるので、巣ごもりと呼んでいる。野菜と玉子が一緒に取れる、とても便利なおかずだ。後、見栄えも良い。

今日はそれを、少しばかりアレンジする。耐熱容器に入れて、マヨネーズとチーズをトッピングするのだ。フライパンで焼いて作る場合も美味しいが、チーズを追加して耐熱容器で作ると、何とも立派な逸品に仕上がるのである。

メニューが決まればやることは簡単だ。作るだけである。

まずやるのは、キャベツの千切りを作ることだ。五人分なのでそこまで分量は必要ない。……ように思えるかもしれないが、キャベツは火を通すとしなっとなってしまってかさが減るので、それなりの量が必要になる。

冷蔵庫から取り出したキャベツを、悠利はペリペリと剥《む》き始める。かなりの大玉なので、半分に切るとかにすると多すぎるのだ。なので、必要な枚数を地道に剥くことにした。

包丁で芯《しん》の部分に切り込みを入れて、べりっと引き剥《は》がす。多少破れても、千切りにするので問題はない。水を張ったボウルの上に、次から次へと剥いたキャベツの葉が落とされていく。

必要分を剥いたら、次はたっぷりの水で綺麗に洗うことだ。とても大事な作業である。

洗い終わったキャベツの葉はまな板の上で芯を取る。多少なら残っていても良いのだが、大きな芯なので一先《ひとま》ず取る。取って、汚れている部分は切り落として避《よ》けておく。これは後で小さく切ってスープの具材にするのだ。しっかり火を通せば柔らかくなるので問題ない。

キャベツの芯を取り除いたら、次は千切りだ。普通なら結構大変な作業だが、料理技能《スキル》のレベルが高い悠利にしてみれば何の苦もない。慣れた手付きでトトトトとキャベツを切っていく。

もしもこの場にギャラリーがいたら、その見事さに拍手しただろう。しかし、生憎《あいにく》と悠利一人しかいないので、キャベツの千切りは静かに、そして速やかに大量に作られていくのだった。こんもりと積みあがったキャベツの千切りだが、火を通せばこれもぺしゃんとなってしまう。

出来上がった千切りキャベツを、悠利は一度ボウルに入れる。入れて、そこにオリーブオイルを入れてよく混ぜ、塩と乾燥ハーブを少量入れて下味を付ける。マヨネーズやチーズを使うので、味付けとしては控えめだ。気持ちだけ味を付けた、という感じだろうか。

オリーブオイルを混ぜたのは、耐熱皿に入れて焼いたときにキャベツが焦げないようにだ。フライパンで焼くときは蓋《ふた》をするので蒸し焼き状態になるのだが、今回はチーズを載せてオーブンで焼くつもりなので一手間加えてみたのだ。

それに、チーズやマヨネーズとオリーブオイルの相性は悪くないので、風味付けとしても有効なはずである。一応、家で作って食べたときに美味しかったので、これで大丈夫だろうと思っている悠利だった。

そうして出来た千切りキャベツを、耐熱皿に詰め込む。少し多めに見えても、火が入れば少なくなるので気にしない。真ん中に少しばかりくぼみをつけるのを忘れずに、だ。

キャベツを入れ終えたら、次はマヨネーズだ。くるりと円を描くように一周させる。味付けのためだが、切れ目が出来ないように注意だ。ここに切れ目があると、玉子がはみ出てしまうので。

そして、先ほど作ったくぼみに生卵を割っていく。くぼみにぽこんと黄身の部分が入り込み、流れた白身はマヨネーズでブロックされてそこまで広がらない。これで、綺麗な丸の目玉焼きが出来るはずだ。

最後に、溶けやすいように削ったチーズを全体に振りかける。あまり卵を塞《ふさ》いでしまうと見た目が変わるので、ほどほどに。それでも、チーズの味が少ないと悲しいので、卵の周辺を中心に量を増やす。

これで下準備は完了だ。

「よーし、後は、オーブンで焼けばオッケー」

オーブンは大きなサイズなので、一度に全部入るのが助かるところだ。やはり、《真紅の山猫》は人数が多いのでそれに合わせてのサイズなのだろう。

オーブンに五人分の耐熱皿を入れると、扉を開けたままにする。まだ火を入れるのは少し早いので、その間に他のおかずの準備をするのだ。何せ、チーズは温かい方が美味しい。

朝食の残りのスープを温めて、味を確認してから小さく切ったキャベツの芯を入れる。じっくりコトコト煮込むことで、キャベツの甘味が加わるはずである。

その間に、弁当の残りのトマト、塩キュウリ、ブロッコリーを小皿に盛り付ける。ブロッコリーは茹《ゆ》でるときにだし汁を使ったので、あえてマヨネーズやドレッシングは添えない。足りなかった場合は各々で何かを付けてもらうつもりだ。

それらが終わって、オーブンのスイッチを入れる。焼き加減は好みがあるが、今日は半熟を目安にすることにした。一応、記憶を探ってみたが半熟を忌避するメンバーがいなかったからだ。

「さてと、今の間に洗い物しとこうっと」

料理において大切なのは、準備と片付けだ。特に、うっかり後回しにされがちな後片付けや洗い物も、とても大事な仕事である。隙間を縫うように洗い物を片付けておくと、作業がスムーズになる。

見習い組と一緒に料理をするときは、手が空いている誰かが使った料理器具を洗うのは普通になりつつある。ただ、今日は悠利一人で作業をしているので、一段落した今が洗い物のタイミングなのだ。

テキパキと調理器具を洗い、使った調味料などを片付ける。それが終われば、布巾《ふきん》を手にして食堂スペースに向かう。テーブルを綺麗《きれい》に拭《ふ》いて、セッティングに入る。

準備の出来ている食器を運び、並べ、後はメインの巣ごもり玉子を配置すれば完璧という状態を作って、悠利は満足そうに頷《うなず》いた。時計を見れば、皆が食堂に集まるだろう少し前だった。実に良いタイミングだ。

台所に戻ってオーブンを確認すると、良い感じにチーズが溶けて、玉子もぷるんとした半熟に仕上がっていた。火傷《やけど》をしないように手袋タイプの鍋掴《なべつか》みを使って一つ一つ運ぶ。ふわりと湯気が立ち上り、一瞬だけ眼鏡を曇らせるのもご愛敬だ。

「ユーリ、それ、何？」

「あ、アロール。今日のメインディッシュだよ。巣ごもり玉子」

「巣ごもり玉子……？」

「うん。キャベツの千切りの上に目玉焼きが載ってるんだ」

「へー、美味しそうだね」

「チーズも載せてあるよ！」

「……あ、そう」

輝かんばかりの笑顔で言った悠利に、アロールは素っ気なかった。しかし、悠利は見逃さない。クールな十歳児の口元が、ほんの一瞬嬉《うれ》しそうに緩んだことを。

ただし、それを指摘すると物凄《ものすご》く怒られるので、口にはしない。悠利の代わりに、アロールの頼れる従魔であるナージャが何かを言いたげに主の頬《ほほ》にすり寄るのだった。……勿論《もちろん》、アロールは反応しないが。

「おや、早いなアロール」

「一段落したからね」

「なるほど」

姿を現したフラウが、アロールの言葉に表情を緩める。アロールは基本的に誰《だれ》が相手でもクールだが、頼れる大人枠と認識している相手にはわりと素直だったりする。そしてフラウは、その頼れる大人枠に入っている。

「フラウさん、今日はチーズを使った料理ですよ」

「それは嬉しいな。もしかして、私がいるからか？」

「そんな感じです」

「そうか、ありがとう」

フラウはチーズ好きなので、悠利の説明に納得したようだ。もう一人のチーズ好きについては言及しない辺り、やはり頼れる大人だ。

悠利がせっせと料理を運んでいる間に、ロイリスとミルレインの二人も到着した。出来たてほかほかの、とろりとしたチーズが美味しそうな料理を見て二人とも顔を輝かせる。美味しそうという声が聞こえて、悠利《ゆうり》の表情も緩んだ。

「これは、巣ごもり玉子のマヨネーズチーズ焼きです。キャベツに軽く下味が付いてるだけなので、チーズとマヨネーズの味で物足りなかったら各々好きな調味料で味付けしてください」

にこにこ笑顔の悠利の説明に、皆はこくりと頷いた。《真紅の山猫《スカーレット・リンクス》》は大所帯なので、味の好みが違うことを皆が理解している。なので、こうやって個人で調整してくれと言われても誰も文句は言わないのだ。

全員が席に着き、悠利の説明も終わったので、いつものように手を合わせて食前の挨拶《あいさつ》をしてから食事に入る。いただきますの挨拶は、もう完全に定着していた。

やはり最初に手を付けるのは巣ごもり玉子のマヨネーズチーズ焼きだろう。チーズが冷めてしまっては美味しさ半減だ。箸《はし》で真ん中の玉子を突《つつ》くと、ぷるんとした黄身が割れて中身が流れ出す。とろとろとした黄色が実に美味しそうだ。

玉子と一緒にキャベツを掴《つか》む。そのときに、マヨネーズとチーズも一緒に口へ運ぶのを忘れない。この四つを一緒に食べるから、美味しいのである。

口に入れた瞬間に広がるのは、マヨネーズの旨味《うまみ》だ。そこにチーズの風味が加わり、玉子とキャベツの味が追加される。キャベツは野菜の甘さを残しており、マヨネーズの酸味やチーズの塩気と相性ばっちりだった。

火の入った千切りキャベツなので、簡単に噛《か》めるのも良い。全体的に柔らかい食材の集まりだが、噛めば噛むほど旨味が口の中を満たしていくのだ。

「美味《おい》しいー。玉子とキャベツの相性は最高ー」

ふにゃりと表情を緩める悠利だが、咎《とが》める人はいなかった。美味しいものを美味しいと言って悪いことはどこにもない。食事で幸せを感じているなら、それを咎めるのは無粋というものである。

少なくとも、悠利はこれ以上追加の味付けは必要ないと思った。元々彼は薄味を好んでいるのでそれで良い。なので、気になったのは仲間達のことだ。

悠利が視線を向けた先では、美味しいと言い合いながら食べているロイリスとミルレイン。どうやら口に合ったらしいと解《わか》る。

フラウは一口食べた後に、胡椒《こしょう》を追加していた。ピリリとしたスパイスの風味が加わることで、味が締まるのだろう。確かに胡椒は美味しいかもしれないと思った悠利だった。

美味しく食べてくれているならそれで満足の悠利なので、フラウが胡椒を足していようが気にしない。なので最後の一人、アロールへと視線を向ける。素直に口にはしないが、チーズ大好きな十歳児がどう反応するかが気になったのだ。

そんな悠利の視界で、アロールは黙々と料理を食べていた。次から次へと口に運んでいる。普段、小食な彼女にしては珍しい速度だ。思わず首を傾《かし》げる悠利と、さっさと食事を終えてアロールの傍《かたわ》らに戻ってきたらしいナージャの目が、合った。

ナージャは皆の食事が始まる前に、ルークスと二人で食事を貰《もら》って食べ始めていた。どうやら、食べ終えて主の下へと戻ってきたらしい。そのナージャの視線に、悠利は瞬きを繰り返した。何で自分が見られているのか解らなかったので。

意味の解っていない悠利に、ナージャはちろろと真っ赤な舌を動かすと、隣のアロールを示した。一生懸命食べているのか、俯《うつむ》きがちな彼女の横顔。それを見ろと示されて、悠利は少しだけ身体《からだ》を乗り出してアロールの顔を窺《うかが》った。

果たして、そこにあったのは――。

（うわぁ……、凄《すご》く幸せそうな顔……）

視線が下を向いているので誰も気づいていなかったが、アロールはそれはそれは幸せそうな顔で食べていた。どうやらお気に召したらしい。更に言えば、自分がそんな顔をしていることにも彼女は気づいていないだろう。

恥ずかしがり屋で、少しばかり気難しいお年頃であるアロールは、普段、素直に嬉しいという感情を表情に出したりはしない。それでも、まだ子供なので取り繕えないときがある。どうやら、今がそのときらしい。

アロールの表情を確認した悠利は、解ったか？　と言いたげなナージャにこくりと頷いた。ナージャは満足したようで、それ以降は悠利の方を見もしなかった。可愛《かわい》い可愛い主《あるじ》にして、庇護《ひご》対象であるアロールをじっと見ている。……ナージャはアロールに対して過保護なのである。

ナージャが悠利にアロールの状態を教えてくれたのは、恐らく、主がこの料理を気に入っているというのを伝えたかったのだろう。早い話が、アロールが何も言わなくてもまた作れ、というやつだ。色々と出来すぎる従魔である。

「ユーリ」

「え？　あ、何、ミリー」

「これ、滅茶苦茶《めちゃくちゃ》美味しいな！　チーズとマヨネーズが美味しい！」

「気に入ってくれた？」

「気に入った！」

ナージャの有能さに考え込んでいた悠利の耳に届いたのは顔を輝かせたミルレインの言葉だった。満面の笑みを浮かべる彼女に、悠利は良かったと笑った。

そのミルレインに続くように、ロイリスも「とても美味しいです」と伝えてくれる。はにかんだような表情が、彼の幼い風貌《ふうぼう》によく似合った。

フラウはどちらかというとクールな性格なので、二人のように解りやすく表情には出していない。それでも、「今日もとても美味しい」と伝えてくれる。また、彼女はチーズが好きなので、その旨も合わせて。

そんな風に皆が悠利に感想を伝えているのを聞いて、アロールがそっと顔を上げた。表情はもう、いつものクールな僕っ娘《こ》のそれだ。ちなみに、器の中身は九割が食べ尽くされていた。

「アロール、どうかした？」

「あ、いや……」

「ん？」

悠利の問いかけに、アロールは言葉に困ったように口ごもる。何かあったんだろうかと、物作りコンビもアロールに視線を固定する。その中で、フラウだけが笑いを堪えるように視線を逸らしていた。

次の瞬間、ナージャがぺしりとアロールの肩を叩《たた》く。それはまるで、しっかりしろと窘《たしな》めるような仕草だった。

従魔に促されて、アロールはしばらくもごもごと口を動かした後に、真《ま》っ直《す》ぐと悠利を見つめた。そのまま、いつものハキハキした口調とは違う、どこかぎこちない口調で告げた。

「すごく、美味しい。……チーズが味付けになってて」

精一杯頑張っての発言だと解ったので、悠利は破顔した。ロイリスとミルレインもだ。《真紅の山猫》の最年少は、クールで照れ屋さんだが、時々こんな風にとても素直で可愛いのだ。

「皆が美味しいって食べてくれて、僕も嬉しい。また作るね」

「……うん。楽しみにしてる」

「任せて。今度は、キャベツにハムやベーコンを入れたり、他《ほか》の野菜を混ぜたりしてみるね」

にこにこ笑顔で改良案を口にする悠利に、皆の表情も緩んだ。美味しく食べて貰うための手間を手間と思わないのが、悠利らしかった。

そんな子供達《たち》のやりとりを、フラウは優しい眼差《まなざ》しで見守っている。ついでに、とてもとても平和な食事だというのも噛みしめているのだった。

なお、ベーコン入りの巣ごもり玉子の話を聞きつけたレレイや見習い組が「それ食べたい！」と悠利に訴えたので、近日中に改良バージョンが食卓に並ぶことになりそうです。まぁ、いつものことですね。

◇◇◇

実演販売。それは、お客を呼び寄せる絶妙な販売手法だ。行う人の説明が上手ならば、その話術でお客様を引き寄せることが可能だろう。

その実演販売を、本日悠利は担当していた。いつもお世話になっている行商人のハローズおじさんのお手伝いだ。本人は気楽にアルバイトのつもりでやっている。一応賃金も貰えるので。

実演販売といっても、悠利には商売の経験はないし、客を呼び込む話術もない。そういうのは別の人の担当だ。悠利がやるのは、大量の味噌汁《みそしる》を作って味見をしてもらうことだった。

味噌はハローズが持ち込み、悠利が嬉々《きき》として買っている調味料だ。この辺りでは作られていないので、ちょっと珍しい調味料として評判だ。

なので本日は、その味噌を味噌汁にして美味しさを更に知ってもらおうということになっている。以前もやっていたらしいが、好評だったので再びやることになった、らしい。

そこに悠利が呼ばれたのは、単純に味噌汁に対する知識の差だ。以前の試食販売のときも手伝ったが、本日は実演販売。少しだけグレードアップしている。

何が違うかと言えば、作る味噌汁の種類だ。以前はシンプルに味噌の美味しさを知ってもらえるような味噌汁を提供した。タマネギとジャガイモという、この辺りでも馴染《なじ》みの食材を用いたそれは、大成功だった。

しかし今日は、様々な種類の味噌汁を作っている。いわば、味噌汁の可能性を皆に知ってもらうための実演販売だ。

そもそも味噌汁の具に、正解はない。よほど味がぶっ飛ぶような何かでない限り、何を入れても怒られることはないだろう。美味しいは正義である。地方によってメイン食材が替わるし。

お客さんの反応は上々だ。呼び込みも対応も店員さんがしてくれているので、悠利がやることは味噌汁のお鍋《なべ》の管理だけである。保温状態の維持は何気に難しいので。

そう、味噌汁は沸騰させると味が落ちる。そこは気をつけなければいけない部分だ。

「キュ?」

「あ、ルーちゃんお帰り」

「キュイ」

「生ゴミ処理頼んでごめんねー」

「キュイキュイ」

悠利に頭を撫《な》でられて、嬉《うれ》しそうなルークス。頼れる従魔は、味噌汁を作る過程で出た生ゴミを綺麗《きれい》に処理し、ついでに調理道具も綺麗にしてくれていたのだ。大変お役立ちである。

ほわほわした雰囲気の悠利の足下で、愛らしいスライムのルークスがぴょんぴょんと跳ねているのは実に微笑《ほほえ》ましい。……その実、客の中に不埒《ふらち》な輩《やから》がいたら自分がとっちめるのだとルークスが決意しているなんて、誰も知らない。知らぬが仏とはまさにこのことである。

そんな風にのんびりとしていた悠利の前に、一人の女性が現れた。手に器を持っているところを見るに、味噌汁の味見をしてくれたお客様のようだ。何だろうと首を傾げる悠利に、言葉がかけられる。

「この味噌汁を作ったのは貴方だと聞いたのだけれど、少し質問をしてもよろしいかしら?」

「僕で解ることでしたら幾らでも」

「実は、先日味噌を購入して味噌汁を作ったのだけれど、こんな風に美味しくならなかったの。コツはあるかしら?」

「コツ、ですか……」

うーんと考え込む悠利。味噌汁にコツがあるのかどうか、彼にもよく解っていない。それぐらいに、悠利にとって味噌汁というのは馴染んだ料理なのだ。特に深く考えて作ったこともない。

後、当人はイマイチ理解していないが、悠利の料理技能《スキル》は高レベルだ。自動的に補正が入っている可能性は否定出来ない。

けれどその可能性は悠利には解らないので、彼が口にしたのはまったく別のことだった。

「その前に、どういう風に作られたかを聞いても良いでしょうか?」

「えぇ。買うときに教わった通り、具材に火が通った頃合いで火を止めて味噌を溶かしたわ」

「なるほど。……ん?」

特に味噌汁の作り方として問題はないなと思った悠利だが、そこでふと気づいた。さらっと流されたが、一つの工程が忘れられている気がしたのだ。なので、悠利は思いきって問いかけた。

「あの、もしかしてですが、出汁《だし》、入れてなかったりします……？」

「え？」

「出汁です。旨味《うまみ》調味料と言いますか……。あの、例えば、お店で売ってる顆粒《かりゅう》出汁とかなんですけど」

「ええ、入れたわ。一緒に購入したのよ」

にこやかに微笑むマダム。そう、味噌汁に出汁は必要だ。この辺りでは鰹節《かつおぶし》や昆布、煮干しで出汁を取る文化がないのだが、顆粒出汁は簡単に使えるので広がっている。だから、答える女性の表情にも曇りはない。

しかし、悠利《ゆうり》は更に質問を重ねた。とてもとても大事なことだったからだ。

「ちなみに、どれぐらいの分量を……？」

「これと同じぐらいの鍋に、小さじ1ぐらいかしら……？」

「…………奥さん」

「何かしら？」

上品に首を傾げる女性に、悠利はがっくりと肩を落とした後に、気を取り直して告げた。ある意味で予想通りだったので。

「それだと、全然足りてないんだと思います」

「え？」

「出汁が少量ではお湯と同じです。お湯に味噌を溶いたところで、味噌の塩分で味を付けるだけになってしまって、コクが出ません。そこを補うのが出汁なんですけど、お使いの分量だと多分、少ないです」

「まぁ……！」

作り方は間違っていないが、調味料の分量が間違っていたという感じだ。悠利は出汁に馴染みのある日本人なので、味見をした段階で出汁が足りていないのか味噌が足りていないのかを判断出来るが、慣れていない人にはそれは難しい。それゆえの失敗なのだろう。

「適量というのはあるかしら？」

「一概にどれぐらいが適量かとは言えないのですけど、顆粒出汁を入れて味見をしたときに、ほんのりと出汁の味がするぐらい入れれば、美味《おい》しい味噌汁になると思います」

「教えてくれてありがとう。この味噌汁の味がとても美味しかったから、貴方に聞けばコツが解るかと思ったの。助かったわ」

「いいえ、あくまでも個人の意見なので、少しでもお役に立てたなら良かったです」

女性の感謝に、悠利は焦ったように答えた。そう、あくまでも個人の感覚でしかない。悠利はプロの料理人さんではないのだ。お家《うち》で味噌汁を作っているときの感覚で答えているだけなので、これが絶対の正解だと思われては困る。

とはいえ、美味しい味噌汁を作ってもらいたい気持ちは本物だ。なので、悠利はふと思いついた、簡単な工夫を伝えることにした。

「あの、お揚げは嫌いじゃないですか？」

「お揚げ……？」

「この味噌汁に入ってるやつです」

「あぁ、美味しかったわ。普段食べないけれど」

女性にお揚げへの忌避感がないことを理解した悠利は、ぱぁっと顔を輝かせた。お揚げさんは味噌汁の強い味方なのである。

「それなら味噌汁にお揚げを入れてみてください。お揚げの旨味が溶け込んで、美味しくなると思います」

「そうなの？」

「肉や魚を入れても旨味が出ますが、お揚げでも十分美味しくなります。それに、お揚げだと他の具材の邪魔をしないので……」

肉や魚を入れた味噌汁も、それはそれは美味しい。旨味がぎゅぎゅっと凝縮される。今日も幾つか作っているし。けれど、それらは肉や魚の味になるのだ。

それを思えば、お揚げはまだ味の主張が控えめだ。控えめだが、味噌汁に旨味やコクを追加してくれる。刻んで入れるだけで味噌汁が美味しくなる定番の具材、それがお揚げだと悠利は思っている。

「それは素敵な情報だけれど、あの、聞いても良いかしら？」

「何でしょうか」

「そのお揚げって、どこで売っているのかしら……？」

「……あ」

困ったような女性の言葉に、悠利は間抜けな声を上げた。お揚げさんがこの地ではマイナー食材であることを忘れていた。

「市場の隅っこにある、お婆《ばあ》ちゃんがやっているお店をご存じですか……？」

「……あの、気に入らない客はホウキで追い返す老婦人のお店かしら」

「……僕は見たことはないですけど、多分その店かと」

悠利にとっては珍しい食材を売ってくれる優しいお婆ちゃんだが、気っ風の良い老婦人でかなりお強いということは耳にしている。目撃したことはないのだが、皆が口を揃《そろ》えて「気に入らない客は叩き出してる」と言うので。

とりあえず、店を知っていることは確認出来たのでよしとしよう。

「時々、あの店に置いてあります。個人のお店なので、あまり取り扱いはないかもしれませんが」

「そう。それじゃあ、今度行ってみるわ。教えてくれてありがとう」

「いえ。美味しい味噌汁を作ってくださいね」

会話を終えて女性を見送った悠利は、じぃっと自分を見ている複数の視線に気づいた。……どうやら、試食をした人の中から何人かが悠利の方へとやってきているらしい。

何これと思いつつ、悠利はにこにこ笑顔でお客さんに向き直る。接客の基本は笑顔だとシーラに聞いたことがあるので。

「どうかされましたか？」

「この味噌汁の作り方を教えてくれ。この、少し甘いやつ」

「少し甘いの……。あー、カボチャ入りのやつですね」

「カボチャが入っていたのか……！」

「そうです」

うきうきとした感じに声をかけてきたのは、小さな子供を連れたお父さんだった。まだ若い。足下では、三歳ぐらいの子供がルークスと戯れている。実に微笑ましい。

「特に難しいことはないですよ。カボチャを食べやすい大きさに切って入れているだけです」

「それだけで、こんな風に甘味が出るのかい？」

「出ますね。カボチャとかサツマイモとかは甘味が溶け出すので、雰囲気が変わります。あ、あまり小さく切ると崩れてしまうので、そこは注意が必要だと思いますが」

「なるほどなぁ……」

ふむふむと一人納得しているお父さん。何でそんなにカボチャ入りの味噌汁に反応してるんだろうと思った悠利だが、答えは小さな子供から与えられた。

「おいしいの、つくれる……？」

「え？」

「あまいの、おうちでも、できる……？」

じぃっと悠利を見上げて問いかける幼児の顔には、期待と不安が入り交じっていた。どうやら、カボチャ入りの味噌汁を気に入ったのはこの子供らしい。なるほどと納得した悠利だった。

納得したので、不安そうな子供と目線を合わせ、頭を撫でてあげながら答える。

「うん、ほんのり甘いお味噌汁《みそしる》、お家でも作って貰《もら》えるよ。お父さんと一緒に、カボチャを買って帰れば良《い》いんじゃないかな」

「かぼちゃ」

「君が食べたのはオレンジの野菜が入ってたやつだよね？」

「そう、おれんじ」

「じゃあ、カボチャだよ」

「わかった！」

ぱぁっと顔を輝かせる子供と、そんな子供を愛おしそうに見ているお父さん。実に微笑ましい光景だった。癒やされる。

「教えてくれてありがとう。この子は普通の味噌汁はあまり喜んでくれなくてね。それなのにさっきのは喜んでいたから、気になって」

「子供は甘いのが好きですからね。食べてくれて良かったです」

「おにいちゃん、おいしかった」

「気に入ってくれてありがとう」

「うん！」

悠利に元気よく返事をした子供は、ルークスにバイバイと手を振って父親と一緒に去っていく。ルークスはぽよんと跳ねて見送っていた。

味噌汁は具材一つで味が随分と変わる。どんな具材を使うかで好みが分かれるが、その見本のような話だった。きっと、カボチャのほんのりとした甘さがあの子供には美味しかったのだろう。気に入ってくれる料理が出来て良かったなぁと思う悠利だった。

「ユーリくん、ちょっと良いかい？」

「どうかしましたか、ハローズさん？」

「この肉団子の作り方って、レシピ登録しているかな？」

「……してないですし、するほどのレシピでもないと思うんです、が」

「よし解《わか》った。後で書き出してほしい。登録作業はこちらでやっておくから」

「ハローズさん、聞いてください。ただの肉団子です。レシピにするほどじゃないです。ミンチに調味料を混ぜたのを味噌汁に入れただけですー！」

イイ笑顔を残して去っていったハローズに、悠利は切実に訴えたが聞いて貰えなかった。なお、店員さん達《たち》はいつものことだと誰《だれ》も気にしなかった。

この世界では、他《ほか》の人が知らないような珍しい料理のレシピは生産ギルドで登録されることが多い。悠利自身はあんまり気にしていないのだが、ハローズおじさんは真面目《まじめ》なので、悠利の代わりにあれもこれもせっせとレシピ登録してくれるのだ。頼んでいなくても。

ただ、普段は売り物にするからという理由で登録されている。マヨネーズや顆粒出汁《だし》、めんつゆや白出汁がこれに該当する。

悠利が錬金釜《がま》で作ったこれらの調味料のレシピを、ハローズが生産ギルドに登録する。そして、そのレシピを元に錬金術師達が商品を作る。出来上がった商品をハローズが販売する。そういう流れだ。

なので、今日の味噌汁に悠利が入れた肉団子のレシピをハローズが生産ギルドに登録しようとするのも、その流れだった。店として客にレシピを公開する関係上、製作者である悠利にきちんと利益が入るように考えてくれたのだろう。

悠利としては、アルバイト代が出ているのでその辺はなくても良かったのだが。この辺りは、行商人のハローズおじさんと悠利の間では、いつまでたっても解り合えない現実だった。どっちも悪くないのだが。

「キュー？」

「ううん、何でもないよ、ルーちゃん」

大丈夫？　と心配そうなルークスに、悠利は笑った。まぁ、実際悪いことは起きていないのだ。ハローズおじさんの優しさが悠利にはちょっと重かっただけで。

味噌汁を飲んでいるお客様を見ながら、どれが人気だろうと考える悠利。色んな種類の味噌汁を作ってほしいと言われたので、本当に色々と作ったのだが。

ちょっと手間暇がかかるが、素揚げ野菜の味噌汁も用意した。以前アジトで作って好評だった料理だ。器に入れた素揚げ野菜に、熱々の具なしの味噌汁をかけるというものだ。素揚げにしたことで風味が増して、普段の味噌汁より豪華に感じる。

オーク肉を使った豚汁のような味噌汁や、ベーコンやウインナーを使った味噌汁もある。前者はジャガイモやタマネギ、人参を具材にしている。後者の二つは、キャベツをふんだんに使ってみた。これはこれで美味しく仕上がっている。

シジミやアサリといった貝類を使った味噌汁に、焼いた魚を入れた味噌汁もある。これらは海の旨味《うまみ》が凝縮されており、肉とはまた違った味わいが楽しめる。

さらに、海藻マシマシの味噌汁も準備した。この場にマグがいたら、一人で鍋《なべ》を抱えてしまいそうな味噌汁の出来上がりだ。

「やっぱり人気はお肉系かなー」

「キュウ?」

「どの具材の味噌汁が人気かなーって。アジトの皆は何でも気にしないで食べてくれるけどね」

悠利《ゆうり》が作る味噌汁を、皆はいつも美味しいと言って食べてくれる。それは事実なのだろう。だからこそ、どんな味付けが好まれやすいのかを知れば、もっと喜んでもらえるんじゃないかと思う悠利だった。

なお、味噌汁の実演販売は大盛況に終わり、悠利とルークスはアルバイト代を貰って二人で買い食いに繰り出すのでした。買い食いは買い食いでロマンなのです。

◇◇◇

大人組の晩酌は、別に毎日というわけではない。翌日のスケジュールを考えて行われている。また、未成年である子供達の食事が終わった時間に飲むというのが暗黙の了解だった。どうやら気を遣ってくれているらしい。

そんな大人組の晩酌は、普段ならばアリーとフラウとブルックの三人辺りだ。レレイやクーレッシュはそこには交ざらず、若手組で時々飲んでいる。訓練生で指導係の晩酌に交ざるのは、マリアとヤクモぐらいだろう。

ついでに言えば、《真紅の山猫《スカーレット・リンクス》》所属の成人組で酒が飲めないのは、リヒトだけである。下戸の彼を除いて、後は全員嗜《たしな》む程度には飲める。あくまでも嗜む程度だと主張するのはティファーナとジェイク、クーレッシュだ。

付き合いとして飲むことは出来るし、自分も酒を嫌いではない。ただ、酒豪達と付き合うのは難しいという自己判断らしい。酒は身を崩さぬ程度に楽しんで飲むことが暗黙の了解なので、晩酌の空気は穏やかだ。

さて、その晩酌であるが、今日はいつもよりもメンバーが多い。指導係は揃《そろ》い踏《ぶ》みであるし、ヤクモも交ざっている。皆が飲んでいるのはどうやら、清酒らしい。特に清酒が好きなヤクモがいる理由も納得だった。

「おつまみの追加、いるよねぇ、あれは……」

夕食後の洗い物を終えた悠利は、晩酌を楽しんでいる大人達を見てしみじみと呟《つぶや》いた。一応つまむものは渡してあるが、人数が多いことも重なって減り方がいつもよりも早い。これは追加が必要な案件だ。

追加が必要となれば、張り切って用意をしてしまうのが悠利の性《さが》である。何を出しても喜んで食べてくれるのが解っているので、なおさらうきうきで作業に取りかかってしまうのだ。

おあつらえ向きに、今日は良い丸茄子《なす》が手に入った。まん丸ボディの愛らしい肉厚の茄子は食べ応《ごた》えバッチリだ。

「茄子田楽にしようかな。食べやすい大きさに切ったら問題ないだろうし」

丸茄子を輪切りにした茄子田楽は、おかずとしても美味《おい》しいし、酒のアテとしてもなかなかに良い仕事をしてくれる逸品だ。ましてや今日の酒は清酒だ。きっと合うだろう。

まず、丸茄子を丁寧に水洗いする。皮を剥《む》く必要はないが、傷があった場合は包丁で切り取っておく。ごろんとした丸茄子のヘタとお尻《しり》の部分を少し落とすと、後は輪切りにするだけだ。

ことん、ことんと音をさせながら丸茄子を切る。ふわっと茄子の匂いが漂う。新鮮で美味しそうな肉厚茄子である。

茄子を切り終わったら、次はフライパンの用意だ。たっぷりとごま油を入れ、そこに輪切りにした丸茄子を並べていく。茄子を美味しく焼くには大量の油が必要なので、ごま油はケチってはいけない。後、多すぎたら自分で吐き出すので心配もいらない。茄子はしれっと賢いのだ。

茄子をフライパンで焼いている間に、味噌だれを作る。田楽に使う味噌だれは、味噌に砂糖やみりんを混ぜて甘く仕上げたものだ。家にいた頃はスーパーで売っているモノを使っていたが、こちらの世界では売っていないので手作りする。

作ると言っても、決して難しくはない。鍋に、味噌、砂糖、みりん、酒を入れてよく混ぜ、火にかけるだけだ。沸騰してきたら火を弱めて、ヘラでよく混ぜる。少し粘り気が出てきたら完成だ。

注意するのは、火加減ぐらいだろう。焦がしてしまっては元も子もない。

そうこうしているうちに茄子の片面が焼けてきたので、ひっくり返して反対側もしっかりと焼く。油は十分足りていそうなので、追加はしなかった。パチパチという小気味よい音が響いている。

なお、悠利が作っているものは、厳密に言うと茄子田楽ではないかもしれない。

味噌田楽と呼ばれる料理は、基本的に具材を串《くし》に刺して焼き、そこに味噌だれを付けるものだ。元々がそういう由来らしい。串を刺した姿が、田楽法師に似ているとかそういう感じの。

なので、串に刺さず、輪切りの丸茄子をせっせと焼いて作っているこれは、茄子田楽と呼ぶにはちょっと違うかもしれない。しかし、釘宮《くぎみや》家ではこれを茄子田楽と呼んでいたので、悠利もそう思っている。そもそも悠利は、田楽の由来をよく知らない。

というのも、外食で食べる場合も、串に刺さっている店と、普通に皿に載っている店とあったからだ。悠利の記憶では、こんにゃくや生麩《なまふ》は串に刺してある店が多かった。対して、大根や茄子はそのまま皿に盛り付けてあった。

なので悠利は、今作っている料理を茄子田楽だと思って作っている。

まぁ、多少呼び名の由来と外れていようが、味は変わらない。田楽味噌と呼ばれるようなほんのり甘い味噌を付けた食材という部分は同じなので。

閑話休題。

フライパンの中を覗《のぞ》き込めば、茄子が良い感じに焼けていた。皮は綺麗《きれい》な紫で、身の部分はしっとりふわっと柔らかく焼けている。実に美味しそうだ。

「良い感じの焼き色ー」

焼き上がった丸茄子を、悠利はまな板の上へと移動させる。そして、食べやすい大きさに切ってから大皿に盛り付ける。

食事として出すならば、大きなまま一人一皿提供する方が良いだろう。見栄えも全然違う。しかし、今悠利が作っているのは晩酌のおつまみなので、欲しい人が欲しいだけ食べやすいように切り分けているのだ。

一口サイズに切り分けた丸茄子を大皿に盛り付け終わると、先ほど作った味噌だれをスプーンで丁寧に載せていく。全体にどばーっとかけても良いのだが、それをすると食べるときに垂れそうなので、一つ一つスプーンで味噌だれを載せる。

ごま油で香ばしく焼き上がった茄子に、出来たてほやほやの味噌だれが彩りを添える。食欲をそそる匂いがふわっと香り、悠利は満足そうに頷《うなず》いた。美味しそうに出来てご満悦だ。

完成した茄子田楽と、人数分のお箸《はし》を手に悠利は食堂スペースへと移動する。晩酌は穏やかに続いており、話に花が咲いているようだ。おつまみも順調に減っている。

それを確認して、悠利はいつも通りののんびりとした声で口を開いた。

「おつまみの追加をお持ちしましたー」

「ユーリ？」

「清酒に合うかなーと思って作ってみました。茄子田楽です。焼いた茄子に甘めの味噌だれを載せ

てあります」

「……こっちには構わなくて良いと言っておいただろうが」

「作りたかったので」

お前の仕事は終わっただろと言いたげなアリーに、悠利はケロリと答える。そう、作りたかっただけだ。強制されたわけでも、やらねばという使命感に燃えたわけでもない。ただ、何か作ったら喜んでくれそうだなと思って勝手にやっただけである。

いつも通りすぎる悠利に、アリーはがっくりと肩を落とした。時間外労働とかサービス残業みたいな扱いを受けているが、悠利は気にしない。ついでに、地味に強《したた》かではある。

「美味しかったらまたご飯に出すんで、味見お願いします！」

キリッとした顔で言い切った悠利に、晩酌をしていた大人達が揃って目を点にした。次いで、ほとんど同じタイミングで笑い出す。悠利の発言がツボに入ったらしい。

「そういうわけなら、喜んで味見をさせてもらおう。とても良い匂いがしているしな」

そう言って最初に茄子田楽に手を伸ばしたのは、フラウだった。悠利の物言いがよほど面白かったのか、普段はクールな表情が緩んでいる。

「お仕事を任されたなら、協力しないといけませんね」

ふふふと上品に微笑《ほほえ》んでティファーナがそれに続く。食事を終えた後ということも踏まえてか、比較的小さな茄子に手を出す辺りがティファーナらしい。

「ユーリが作るものにハズレがあるとは思わんがな」

さらっと言って手を伸ばすのはブルック。いつも通りの淡々とした表情だが、口元が緩んでいる。彼にも先ほどの悠利の発言は面白かったらしい。

「味噌《みそ》だれということはただの味噌とは違うわけですよね。いやー、気になりますねー」

学者らしい知的好奇心に満ちた感想を口にするのはジェイクだ。大きな茄子に手を伸ばそうとして、隣に座るフラウとブルックにぺしりと手を叩《たた》かれているのが面白い。腹を壊すから小さいのにしろと同時に言われて、しょんぼりと肩を落とす辺りががっかり残念仕様な学者先生だ。

ちなみに、二人がジェイクにツッコミを入れたのは、調子に乗って食べ過ぎて腹を壊すことが時々あるからだ。今日は夕飯をしっかり食べているので、そこに追い打ちをかけるような食べ方をしたら、後で絶対に腹痛で唸《うな》ると思われたのである。

……なお、ジェイク以外の誰《だれ》も、その可能性を否定出来なかった。なので、助け船はどこからも出ない。いつものことである。

「美味そうなのは食う前から解《わか》ってるけどな……。休めるときにはちゃんと休めよ、まったく……」

保護者という立場からか、どうしても小言という名の心配が口から出てしまうのがアリーらしい。悠利もアリーの優しさは解っているので、はーいと元気よく返事をしている。返事は良い。

そう、返事は。

趣味が家事であるためか、うっかりのめり込んで休むのを忘れるという部分が悠利にはある。家事は仕事だと皆が口を酸っぱくして言うのだが、当人は遊んでいるのと同じだと思っているので、疲労感が麻痺《まひ》することがあるのだ。

まぁ、最近はちゃんと休んでいるので問題はないのだけれど。

そんな風に雑談しながらも、皆は茄子田楽を口に運ぶ。口に入れた瞬間に最初に感じるのは味噌だれの甘さだろう。そこに、ごま油で焼かれた茄子の香ばしさと、ふっくらしっとりとした身から溢《あふ》れ出す旨味が追加される。

味噌だれはそれだけならば濃い味だが、茄子から出てくる水分で薄まって丁度良い味わいになる。味噌の旨味に甘さが加わりまろやかだ。茄子の旨味と溶け合って、口の中に幸せが広がる。

美味しそうに表情を緩めて食べる皆を見て、悠利はにこにこと笑う。言葉にされなくても、皆の表情だけで美味しいと思っているのが伝わってくる。それだけで十分だった。

そこでふと、約一名、ヤクモだけが茄子田楽を食べていないことに気づいた。箸で摘《つ》まんではいるが、口に運んではいない。不思議に思って悠利が口を開くより先に、しみじみとした声が届いた。

「まさか、異国の地で故郷のものに似た酒と料理が揃うとは……」

「……あー、ヤクモさん、茄子田楽ご存じで？」

「我の故郷では味噌焼きと呼んでおったがな」

「そうですか。……なら、お口に合えば良いんですが」

「いただこう」

何かを噛《か》みしめるように茄子田楽を口に運ぶヤクモ。その姿に、悠利は胸に染み入るものを感じた。

ヤクモの故郷は、和食に似た食文化の国だ。けれど、悠利が作る現代の和食とは異なる場合が多い。その中で、時々こうしてヤクモが懐かしむ料理が出てくるときがあるのだ。

まぁ、悠利《ゆうり》としても、まさか茄子田楽がそれに該当するとは思わなかったのだけれど。美味しく食べてくれるならそれに越したことはないと、一人うんうんと頷いていた。

周囲の大人達も、故郷を懐かしむヤクモを優しい眼差《まなざ》しで見ている。今日飲んでいるのは清酒で、それはヤクモの故郷の酒に似ているらしい。なので、しんみりと故郷を懐かしむヤクモを皆が優しく見守っているのだ。

……約一名を除いて。

「この料理は、ヤクモの故郷にもあったということですか？」

「……そうだが」

「ユーリくんが作ってくれたこれと、故郷の料理の違いってあるんですか？」

「……さほど違いはないと思うが」

「さほどということは、何か微妙な差異があるということですか？　それはいったいどんな部分で、……ぶっ⁉」

「お前はとりあえず大人しく黙って酒を飲んでろ」

知的好奇心全開で尋問する気満々だったジェイクだが、隣のブルックに頭を押さえつけられて呻《うめ》いた。

なお、頭を押さえつけたのはブルックだが、ツッコミを入れたのはアリーだ。アリーの指示を受けたブルックが、ジェイクを問答無用で黙らせたのである。元パーティーメンバーの連係は今日も見事だった。

ヤクモは、そんなジェイクをとても面倒くさそうに見ていた。彼はジェイクのことがあまり好きではない。日常生活を送る上ではそれなりに交流もするが、望んで個人的に親しくなろうとはしていないのだ。

何がどうというわけではないのだ。多分、どちらが悪いというわけでもない。

ただ、根本的にこの二人の相性は悪かった。そして、相性が悪いことを理解しているのはヤクモだけだった。ジェイクはその辺の空気が全然読めないので、今日みたいなときはぐいぐい来るのだ。実にポンコツだった。

元々の性格が、空気が読めなくて一つのことに突っ走る、人間関係に多大なるポンコツを抱えてそうなジェイクと、思慮に富み落ち着きがあり、理知的に判断して行動するヤクモである。もうその段階で正反対だ。

それだけでもアレなのに、彼らは同年代だった。そう、同年代、なのである。

ヤクモがジェイクに冷えた目を向けるのは、その辺もある。自分と同年代だというのに、何でこんなにもポンコツなんだという気持ちが溢れて止《や》まないのだろう。ジェイクがポンコツなのは事実なので、誰にもフォローは出来なかった。

今も割とポンコツだった。故郷への寂寥《せきりよう》を噛みしめている人を相手に、突然根掘り葉掘り聞き出そうと思うのは情緒がポンコツ以外の何物でもない。黙っていろと言われても仕方ない。

ヤクモはもう、アリーやブルックに小言を言われているジェイクのことをスルーしていた。目の前の茄子《なす》田楽を食べ、清酒を飲み、静かな表情をしている。晩酌を楽しむモードに切り替えたらしい。

　騒動は起きなそうだと思った悠利は、そのまま台所へと戻る。洗い物をしなければならないからだ。洗い物を片付ければ悠利の仕事は終わりだし、後は休むだけだ。

　晩酌のときに使った食器は、使った面々がきちんと片付けてくれる。なので、悠利が晩酌が終わるまで待つ必要はどこにもないのだ。

　なので、さっさと洗い物を終えて部屋に戻ろうと思っていた悠利だが、予定が狂った。物凄《ものすご》く狂った。

「ねー、あの美味《おい》しそうなの、なぁにー？」

「食欲をそそる匂いよねー」

「……あー、二人も飲んでたんだ……」

　目をキラキラと輝かせるレレイと、妖艶《ようえん》な微笑みを浮かべるマリアの二人が、悠利を待ち構えていた。見た目は若い女性だが、大食漢の胃袋と酒豪の肝臓を兼ね備えた女性二人である。嬉々《きき》としておつまみとして提供された茄子田楽について聞いてくる。

「おつまみに作った茄子田楽です。焼いた茄子に少し甘い味噌だれを付けただけの料理」

「食べたい！」

「お願いしても大丈夫～？」

「まだ茄子はあるから、大丈夫です」

「やったー！」

「ありがとう、ユーリ」

食べたいと全身で訴えられては、悠利に拒否する理由は存在しない。ちょっと待っててねーと告げてから、作業に入る。

レレイとマリアは、素直に待っている。その辺は実に賢い。

「あ、後片付けはあたしがするよ。洗い物は任せて」

「そうねぇ。そういうのは二人でやるわ」

「助かります」

「「美味しいおつまみをありがとうございます」」

律儀にぺこりと頭を下げる悠利に、カウンター席に陣取った女子二人もお返しのように頭を下げる。実に微笑ましい光景だ。

そんな三人の姿を見て、晩酌中の大人組は小さく笑っているのだが、わちゃわちゃしている悠利達《たち》は気づいていない。

悠利があまりにも悠利らしいという理由と、女子二人が美味しいものには目敏《めざと》いという二重の意味での笑いだ。《真紅の山猫《スカーレット・リンクス》》では、日常と呼んでも支障のない光景だった。

完成した茄子田楽をおつまみにレレイとマリアは楽しい晩酌を繰り広げた。翌日その話を聞いた就寝していた面々が茄子田楽に興味を示し、後日正式におかずとして提供されるのでした。

# 閑話一　香りが楽しいヒラタケのバター醬油炒《じょうゆいた》め

《真紅の山猫》の仲間達には、ちょっと変わった癖がある。癖というか、習慣という方が正しいだろうか。ちなみにこれは、悠利が身を寄せるようになってから出来たものだ。

早い話が、仕事で出掛けた面々が、何らかの食材を持ち帰ってくるのだ。

一番初めは、ブルック、レレイ、クーレッシュの三人に悠利がサンドイッチ弁当を作ったときだ。悠利のお手製弁当が美味しかった三人が、お礼としてダンジョンから迷宮キノコを大量に持ち帰ったのだ。食材がお土産なら、きっと悠利が喜ぶだろう、と。

それは正しく、そのときの悠利は大喜びで沢山のキノコ料理を作りだした。持ち帰った食材によって悠利の仕事が増えたのは事実なのだが、当人は嬉々として料理をしていたので問題はない。さらに、そのときのキノコ料理の数々は皆を喜ばせた。

それから、食材を持ち帰る仲間が増えたのだ。

単純に悠利への土産《みやげ》として持ち帰ってくることもあれば、これで美味しい料理を作ってほしいという意味で持ち帰ってくることもある。また、依頼の関係で余った食材を貰《もら》ってくることもあった。

そしてそれらを、悠利が拒んだことは一度もない。どんな食材でも、彼は嬉《うれ》しそうに受け取るのだ。

そして、今日も悠利にお土産が届けられるのだった。

「……ヒラタケだね。随分と立派な」

「あぁ。依頼先で育てられていたものだ。その中でも、納品に適さない物ということで、報酬の一部としてもらってきた」

「納品に適さない？　こんなに立派で美味しそうなのに？」

大量の立派なヒラタケを持ち帰ったラジの言葉に、悠利はきょとんとした。何を言われているのか解らなかったからだ。悠利の目の前にあるヒラタケは、十分売り物になりそうな立派なものだったので。

そんな悠利に答えたのは、ラジではなくマリアだった。今日は二人で依頼に出かけていたのだ。

「納品先の希望する大きさより育ってしまったらしいのよ。大きすぎてもダメなんですって。食感が変わるから」

「そうなんですか……。物凄く美味しそうですけどね」

「その辺の細かい違いはまぁ、相手方の好みだから仕方ないんじゃないかしら」

「そうですね」

マリアの説明に、悠利は素直に頷《うなず》いた。悠利達にとっては肉厚で大きくて美味しそうなヒラタケでも、依頼主にとってはそうではなかっただけの話だ。そのおかげで、美味しそうなヒラタケを貰えたのだから、良かったと思っておこう。

ちなみに、ラジとマリアが受けた依頼は、ヒラタケの栽培場所にやってくる魔物の討伐だ。農家さんから魔物の駆除を依頼されるのは別に珍しいことではない。戦闘職の訓練生達にしてみれば、良い修業になる。

ただ、悠利がちょっと意外だなと思ったのは、ラジとマリアが組んで仕事をしていたことだ。マリアは狂戦士という職業《ジョブ》に恥じない頭に血が上りやすい性質のダンピール（ヴァンパイアの血を引き性質を受け継いだヴァンパイアではない種族）で、虎獣人の格闘家として身体能力は優れていても穏健派のラジはいつだって組みたがらない。普段、ラジは手合わせすら拒否する。

そんな二人が一緒に依頼を受けていたというのだから、「珍しいなぁ。何でかなぁ？」と思ってしまっても仕方ない。ついでに、それが顔に出ても仕方ない。他《ほか》の面々でも同じように不思議がるだろうから。

「個人じゃなくて誰《だれ》かと組んで戦闘系の依頼をこなしてこいっていうお達しなのよ〜」

「そして、手が空いていたからという理由で、僕が巻き込まれた」

「……ラジ、お疲れ様」

「……ありがとう」

理由が解《わか》ったので、悠利はラジを労《ねぎら》った。多少暴走したマリアを食い止めることが出来るとか、巻き込まれても自衛出来るとかいう理由で選ばれただろうラジである。元々の性格もあって、きっと道中は大変だったに違いない。それゆえの悠利の労りだった。

悠利の優しさを噛みしめるように、ラジは困ったような顔でお礼を言った。実に微笑《ほほえ》ましい光景だった。友情だ。きっと、悠利以外の誰かがいてもラジを労っただろう。

そんな二人の姿を見て、マリアが唇を尖《とが》らせる。そんな姿も無駄に色気に溢《あふ》れるのだから、妖艶な美貌《びぼう》というのも罪作りだ。

「あら、ひどいわぁ。私も頑張ったのよ、ユーリ？」

「マリアさんもお疲れ様です。ラジに迷惑かけた覚えはありませんか？」

「今回はちゃんと話を聞いて動いたから大丈夫よ」

「って言ってるけど、ラジ……？」

「……話は聞いたが、そもそも暴れようとしないでほしかった……」

「だ、そうですよ」

「見解の相違ねぇ～」

口元に手を当ててコロコロと笑うマリアと、疲れたようにため息を吐《つ》くラジ。実に対照的な二人の姿に、いつも通りだなぁと思う悠利。この二人は根本的に性格が相容《あい》れないのだ。水と油まではいかないが、混ぜたら黒になる絵の具ぐらいには合わない。

まぁ、ラジの負担は多少あっただろうが、無事に依頼を終えて帰ってきているのだから御の字だろう。ラジも多少疲れているが、そこまで本気で疲労しているようには見えない。

マリアの方は物凄く元気だ。ほどよく運動出来て機嫌が良いのだろう。彼女は戦うことが大好きなので。

とりあえず悠利は、目の前のヒラタケに向き合うことにした。肉厚で、全体的に大きく、実に食べ応《ごた》えがあって美味しそうだ。今日のおかずに使うのに申し分ない。これだけあれば、全員分が確保出来る。

「何か食べたい料理ある？」

「僕はそこまで料理に詳しくないから、ユーリに任せる」

「私も～。ユーリなら美味しいものを食べさせてくれるでしょ？」

「わー、責任重大だー」

ぱちんとウインクを寄越してきたマリアに、悠利《ゆうり》は棒読みで答えた。そんな悠利の態度に気を悪くした風も見せず、マリアは楽しそうに笑っている。じゃれているだけなので、ラジは気にしていない。いつものことだ。

「それじゃあ、何か良さそうな料理を考えてみます」

「楽しみにしてる」

「頑張ってね～」

笑顔を残して去っていく二人を見送って、悠利はヒラタケへと視線を戻す。これだけ立派なので、旨味も凄いだろう。ヘタに調理せずに焼いて塩を振っただけでも美味しそうだ。

けれど、それでは肉食に分類されるあの二人を満足させる料理にはならないだろう。

素材そのものの味を楽しむ塩味も悪くはない。悪くはないが、それでご飯が進むかと言われたら、多分、否である。悠利としては大食いの皆さんが喜んでくれる料理に仕上げたいのだ。

「ご飯が進むってなると、濃いめの味付けの方が良いよねぇ……。ヒラタケで濃い味付け……。何が良いかなぁ……」

うーんと一人唸《うな》る悠利。そもそも、悠利はあまり食べる方ではないので、味の好みが大食いメンバーとは異なる。いや、彼らが好むようなしっかりした味の料理も好きだが。

そんな悠利に、救世主が訪れた。本日の食事当番がやってきたのだ。

「何唸ってんだ？」

「あ、ウルグス」

「おう。夕飯の支度に来たけど、……随分大量のキノコだな」

「ラジとマリアさんのお土産。ヒラタケだよ」

「へー」

ウルグスは興味深そうにヒラタケを突《つつ》いている。大食い枠に入る見習い組の最年長は、肉厚のキノコを見て一言呟《つぶや》いた。

「バター焼きにしたら美味《うま》そう」

「……バター」

「おう。こんだけ肉厚だったら、バターで焼いただけで美味いんじゃね？」

バターの風味で焼いたキノコは美味しい。濃厚な旨味《うまみ》が絡んで多少こってり仕上がるので、大食いの皆さんの口にも合うだろう。そういう意味で、ウルグスの希望は渡りに船だった。

そして、悠利はそこにもうひと味加えることで完璧《かんぺき》な料理を思いついた。

「バター醤油炒めにしよう！」

「は？」

「バターだけじゃなくて、醤油も使って焼こう。バター醤油ならしっかり味がつくし、ラジもマリアさんも気に入ってくれると思う！」

「……事情が全然解らねぇけど、バター醤油で炒めたら絶対美味いとは、思う」

「だよね？　よし、決定ー」

ウルグスの同意を得られた悠利は、メニューが決まったとうきうきしている。……事情がちっとも解らないウルグスを置いてけぼりにして。

とはいえ、ウルグスは今の悠利の反応から大体の事情を察した。大方、キノコを持って帰ってきた二人を喜ばせる料理を考えていたのだろう、と。正解である。

「ヒラタケはバター醤油炒めにするって決めたので、他のおかずから準備しよう」

「話の流れは全然解らんが、とりあえず解った」

「解ったの？」

「バター使う料理は冷めたら不味《まず》いって話だろ」

「うん」

何故その料理になったのかという理由は解っていないが、悠利が最後に作ろうとしている理由はちゃんと解っているウルグスだった。そのぐらいには彼も慣れているのだ。バターを使った炒め物は、冷めるとバターが固まってしまって美味しくない。

なので、まずは他のおかずを作る準備に入る二人だった。スープとか、メインディッシュの肉とか、他の副菜とか、そういう感じだ。

慣れた手付きと最初の頃よりも随分と良くなった連係で、悠利とウルグスは他のおかずを作り終えた。日々、共に料理をしていれば雑用のタイミングもばっちりだ。

時計を見れば、夕飯まで後少し。今から作れば温かい料理を提供するのに丁度良さそうな時間だった。

「それじゃ、ヒラタケのバター醤油炒めを作ります」

「了解」

「まず、ヒラタケの根元の汚い部分を包丁で切り落とします」

「はいよ」

大量のヒラタケなので、二人でせっせと根っこの汚い部分を取り除く。それほど大量に取り除く必要はないのだが、やはり下の方になると汚れが目立つのだ。

また、そのときにゴミなどが付着していないかも確認する。付いていた場合は、指でそっとヒラタケを傷つけないようにして取る。

そんな作業を黙々と終えれば、ボウルの中にはこんもりと山盛りになったヒラタケがある。汚れを取る段階で食べやすい大きさにバラしてあるので、後は炒めるだけだ。

数が多いので大変だっただけで、下処理そのものは難しくはない。……数が多かっただけで。

「流石《さすが》に、こんだけあると大変だな……」

「まぁねぇ。……でも、炒めるとぺちゃんこになるんだよねぇ……」

「え」

「……ヒラタケって、炒めるとしんなりするんだよね。エノキみたいにかさが減ります」

「マジか」

「マジです」

ふっと遠い目をする悠利に、ウルグスは顔を引きつらせた。つまり、これだけ頑張って用意したヒラタケも、火を入れれば皆が食べる適量ぐらいにしかならないということだ。ウルグスにとっては衝撃だった。

勿論《もちろん》、葉物野菜のように物凄《ものすご》く減るわけではない。それでも、シイタケやシメジに比べたら縮むような気がしている悠利だ。エノキもかさが減りやすい。何か法則性があるのかもしれないが、悠利にはよく解らなかった。

ちなみに、悠利の中で一番かさが減らないなと思うキノコはエリンギだ。エリンギは焼いてもあまり縮まない気がしている。シイタケはちょっと縮むイメージがあるのだが。まぁ、いずれも悠利のイメージなので、正確なところは解らない。

解らないし、悠利も特に興味はない。美味《おい》しければ問題ないので。

「それじゃ、このヒラタケをフライパンで炒めます。量が多いから、二人で同時に頑張ろうね」

「解った」

「オリーブオイルを全体に混ぜ合わせてから炒めると楽だよ」

「おう」

フライパンにほぐしたヒラタケを入れ、オリーブオイルを絡める。よく絡んだら火にかけ、焦げないように炒める。焦げないようにというのがポイントなので、火加減はあまり強くなくても良い。

しばらく炒めていると、ジュージューと油の小気味よい音が響く。ヒラタケがほどよくしんなりしてきたら、味付けだ。

「バター醤油だけだと濃くなり過ぎるから、下味で軽く塩胡椒《こしょう》をします」

「軽く？」

「あくまでも味のメインはバター醤油だから、下味程度にね」

「なるほど」

パラパラと塩胡椒をしんなりしたヒラタケにふりかけ、よく混ぜる。しっかりと混ざったら、バターを投入して混ぜ合わせる。ここでバターをケチってはいけない。しっかりとバターの風味が付くようにしなければならないのだから。

ただし、バターは強火にすると焦げるので、注意が必要だ。焦げたら美味しくない。バターが溶ける程度の温度で全体に馴染《なじ》ませ、しっかり絡んだところで醤油をくるりと回しかける。

「……俺、いつも思うんだけどよ」

「何？」

「ユーリは当たり前みたいにそうやって調味料入れるけど、俺らには適量が解らねぇからな？」

「前から言ってるように、そういうときは少なめに入れて、味見して調整すれば良いだけだよ」

「へいへい……」

耳にたこが出来るほど言われている台詞《せりふ》なので、ウルグスはさらりと受け止める。言っていることは解っている。解っているが、初見の料理を作るときはもうちょっと解りやすいアドバイスが欲しかった。

しかし、悠利はこういう部分では全然役に立たないのだ。何せ、今だって醤油を入れる分量を聞いたら「くるくるーって一回しするぐらい」などという、大変アバウトな返事だったので。いや、一応分量の説明ではあるのだろう。しかし、これだと人によって入る量が変わるのだ。

まぁ、ウルグスも慣れているので、気持ち控えめに醤油を入れて、混ぜ合わせてから味見をして、足りなければまたかけるという行動に出ている。何だかんだで慣れていた。……本人は気づいていないが、その手付きや見極めも、最初に比べたら随分と成長しているのだ。

ウルグスを含む見習い組が自分達の料理技術の上達をイマイチ実感出来ないのは、隣にいるのが悠利だからだ。包丁の使い方一つをとっても、料理技能《スキル》が高レベルすぎる悠利のそれは、全然参考にならない。

勿論悠利だって、皆に切り方を教えるときは見えるように、解りやすいようにやっている。しかし、キャベツの千切りを量産するとかになった場合、目にもとまらぬ早業が披露されるのだ。そんなのが真横にいるのに、自分達が成長した実感を持つのはなかなか難しい。

「よし、出来上がった分を大皿に入れて、残りも作っちゃうよ」

「おー……」

「どうしたの、ウルグス？」

「……いや、マジで量が減るんだなって思って……」

「……そうだね」

最初にフライパンに山盛り入れたヒラタケが、大皿に綺麗《きれい》に入る量になってしまった事実に、ウルグスはぼそりと呟いた。事実なので、悠利も同意した。いっぱいあるね！　と思っていたが、実は全部炒めたら普通のおかずの量にしかならないんだろうなという感じで。

とはいえ、しょげたところで仕方ない。皆がお腹《なか》を空かせて待っているのだ。二人は、残りのヒラタケもバター醤油炒《じょうゆいた》めにするために気合いを入れるのだった。

「何これ、美味しぃー！」

満面の笑みでヒラタケのバター醤油炒めを頬張《ほおば》っているのは、レレイだった。にっこにこだった。彼女はいつだって美味しくご飯を食べてくれるが、いわゆる「ご飯が進むおかず」というものが出てくると、物凄く喜ぶ。

今も、バター醤油の風味がたっぷりのヒラタケを、白米と一緒にかっ込んでいる。……比喩《ひゆ》ではない。年頃の女性であるが他人の視線など何一つお構いなしに、大口を開けてかっ込んでいるのだ。安定のレレイだった。

ただ、そんな風に食べていても別に行儀が悪くは見えないし、むしろとても美味しそうに見える。それはきっと、レレイが全身で美味しいと表現しているからだろう。見ているだけでお腹が減る笑顔だ。

「本当に美味しいわねぇ～。キノコってこんなに食欲をそそるおかずになるのね」

「お気に召しました？」

「召しました」

「それは良かったです」

うふふと嬉《うれ》しそうに微笑《ほほえ》むマリアに、悠利《ゆうり》もにこにこと笑った。妖艶《ようえん》美女のお姉様は、上品に食べる。食べ方はとても上品なのだが、彼女は大食漢だ。なので、何気に大量のヒラタケを食べていた。

けれど、持ち帰ってきたのはマリアだし、彼女達に喜んでほしくて作った悠利なので、別に咎《とが》めるつもりはない。むしろ、気に入ってもらって嬉しいと顔に出ている。

ヒラタケはあまりクセのない味をしたキノコで、食感は固くもなく柔らかくもない。キノコ特有の繊維の食感はあるが、噛《か》み切《き》りにくいほどの頑丈さは持っていない。なので、噛めば噛むほどじゅわっと旨味が広がるのだ。

下味に塩胡椒をしてあることで、味に芯《しん》が通っている。バター醬油の濃厚な風味も確かに美味しいが、それだけで全ての味を付けてしまうとヒラタケの旨味が隠れてしまうからだ。口の中に全ての味が調和して、良い塩梅《あんばい》の仕上がりだ。

キノコ料理とはいえ、バター醬油でしっかりと味を付けているので、ご飯もパンも進む味になっている。それでも食材がキノコなので、小食メンバーにも好評のようだ。皆が喜んでくれる姿が見えて、悠利は表情を緩める。

誰《だれ》もが気に入る料理というのは、難しい。そんなものは多分、どこにも存在しない。味の好みは千差万別であり、どれが正しいとか間違っているとかはないからだ。

けれどだからこそ、こうやって日常のご飯で皆が喜んでくれると、悠利はそれだけで幸せな気分になるのだ。ましてや今日の食材は、仲間の土産《みやげ》だ。頑張って仕事をしてきた二人からのお土産なので、その二人が喜んでくれる料理に仕上がったのは僥倖《ぎょうこう》である。

「ユーリ」

「ん？　どうかした、ラジ？」

パンのお代わりを取るために席を立ったらしいラジに声をかけられて、悠利は不思議そうな顔をした。何か声をかけられるようなことがあったかな？　と顔に出ている。そんな悠利に、ラジは端的に問うた。

「僕とマリアとレレイを別のテーブルに配置したのって、もしかして気にせず食べられるようにか？」

「うん。せっかくだし、レレイと張り合うより良《い》いかなって」

「そうか。ありがとう」

「いえ、どういたしまして」

何を感謝されたのかはよく解っていない悠利だった。食事のときの座席は、基本的には好き勝手に皆が座る。ただ時々、悠利が指定するときがある。そういうときは、料理の量や種類が関係しているので、皆も素直に従ってくれるのだ。

そして本日は、ヒラタケを持ち帰ってくれた功労者であるマリアとラジは、小食な面々と同じテーブルに配置されていた。思う存分彼らに食べてほしかったからだ。

なお、レレイは今日も元気に豪快に食べているし、同じテーブルのクーレッシュとヘルミーネにツッコミを貰《もら》っているが、気にしていない。アレはもはや日常風景なので、よほど大声で騒がない限りはアリーの雷も落ちない。いつものことなので。

「ユーリ～」

「はい、何ですか、マリアさん？」

「今日も美味しいご飯をありがとう」

優しい微笑みで告げられた言葉に、悠利はきょとんとした。次いで、茶目っ気たっぷりな笑みを浮かべて答える。

「こちらこそ、立派なヒラタケを沢山ありがとうございます」

「また何か貰えそうなら、貰ってくるわね～」

「食材のお土産よりも先に、同行者に負担をかけないようにお願いしますねー」

「それはのんびりと頑張るわ～」

一筋縄ではいかないダンピールのお姉さんは、楽しそうに妖艶に微笑むだけだった。これはまだしばらくは、彼女に振り回される面々がいそうだなぁと思う悠利。主に貧乏くじを引きそうなラジとリヒトの真面目《まじめ》な二人を思って、そっと心の中で合掌するのだった。

ちなみに、ヒラタケのバター醤油炒めを大いに気に入った仲間達に、他《ほか》のキノコでもバター醤油炒めを！　と頼まれることになる悠利でした。バター醤油味、大人気です。

# 第二章　秘境の別荘に招待されました

目の前に広がる広大な自然。そびえ立つ山、その麓《ふもと》の草原、きらめく湖。とても素晴らしいそれらを見て、悠利は思わず隣に立つジェイクに問いかけた。問いかけざるを得なかった。

「ジェイクさん」

「はい、何ですか？」

「ここ、ジェイクさんのお師匠さんの別荘なんですよね？」

「そうですよ。うちの師匠の別荘で、今日から皆でお世話になる場所です」

「……どこまでが、お師匠さんの別荘なんですか……？」

恐る恐ると言いたげな悠利の問いかけに、ジェイクは首を傾《かし》げた。何を問われているのか解《わか》らなかったらしい。そんなジェイクに、悠利は重ねて問いかけた。

「お師匠さんの別荘以外に建物が見当たらないこの広大な自然の、どこからどこまでが、別荘なんでしょうか……？」

「視認出来る範囲は基本的に師匠の別荘ですよ」

「……え？」

「山に囲まれたこの辺り一帯が、師匠の別荘ですけど。それがどうかしました？」

何か問題があるのかと言いたげなジェイク。悠利も、周りにいる見習い組や訓練生も、固まっていた。広々とした自然の全てが私有地だと宣言されたのだ。衝撃が強すぎる。

大人組は何だかんだで色々と経験値が物を言うのか、あまり驚いていない。アリーに至ってはそんなもんだろと平然としている。

しかし、悠利達《たち》はそうはいかない。別荘にお邪魔するとは聞いていたが、こんな凄《すさ》まじい別荘だなんて誰も思っていなかったのだ。

「個人所有の別荘の範疇《はんちゅう》ですか、これ！」

「うちの師匠ならそんなものですよ」

「……ジェイクさん、僕、真面目に確認したことがないんですけど、お師匠さんって何者なんですか……？」

「王立第一研究所の名誉顧問ですよ。初代所長というか、創設メンバーでもありますけど」

「……ジェイクさん、そんな凄《すご》い人の弟子なんですか……？」

「そうなりますすねー」

「……」

のほほんと笑うジェイクに、悠利は沈黙した。師匠がどれだけ凄い人でも、弟子がポンコツというのはあり得るんだなと思ってしまった。なお、その感想は悠利だけではなく、周囲の面々も同じである。ジェイク先生のポンコツ具合は周知の事実だ。

さて、悠利達が何故《なぜ》こんな場所にいるかというと、ジェイクの師匠に避暑に誘われたからというのが理由だ。話は、十日ほど前にまで遡《さかのぼ》る。

「アリー、師匠からアリーに手紙です」

「……は？　何で俺に」

「正確には、僕宛《あて》の手紙の中に、アリーへの提案が入ってたんですけど」

「俺に提案……？」

何だそれはと言いながらも、アリーはジェイクが差し出した手紙を手に取る。お代わりの紅茶をアリーのカップに注ぐ準備をしていた悠利は、お湯を入れるのをストップした。手紙を読み終わってから飲んでもらう方が良い気がしたのだ。

ジェイクの師匠と聞いて、悠利は脳裏に建国祭のときに少しだけ見た美少年の姿を思い浮かべる。それはもう、儚《はかな》げな印象の美しい少年だった。女神様に取り合いをされそうな、風に攫《さら》われそうな風情の、線の細い美少年である。

外見はどう見ても美少年なのに、一人称は儂《わし》で爺《じい》口調で話す不思議な人物だった。長命を誇る森の民らしく、耳が尖《とが》っていたのが印象的だ。儚げな見た目と裏腹に、中身はそれなりに豪快な人なのだろうなというのが悠利の感想である。ジェイクの師匠なので、柔《やわ》な神経はしていないと思ったのだ。

そのお師匠さんからの手紙。しかも、アリーへの提案。何があるんだろうなぁと思いつつ、口を挟まずに大人しくしている悠利だった。

アリーと二人でのんびりとお茶とお菓子を楽しんでいたら、思いも寄らない話題が舞い込んできた。平凡な日常に一石を投じられそうな予感である。ちょっとわくわくしていた。

「……つまり、うちの奴らを別荘に招待してくれるってことか……？」

「そうみたいです。僕がお世話になっているお礼を兼ねて、避暑を楽しみつつ別荘で勉学に励むのはどうか、と」

「勉学に？」

「師匠の別荘、周囲に植物や鉱物が沢山あるんですよ。後、師匠の別荘なので本が大量に。自然に触れながら勉強するのにはもってこいですよ」

「なるほど……」

二人の話を聞きながら、悠利はちょっとだけ肩を落とした。皆がお勉強に行くのなら、自分は無関係だなぁと思ったのだ。悠利は見習い組でも訓練生でもないので、基本的に修業とは無縁だ。

しかし、そんな悠利の考えは裏切られる。

「いっそ、皆でぱーっと旅行がてら行くというのはどうですかね？　勉強するって言うのは建前で」

「ヲイ」

「師匠も遊びに来いって言ってますし、休みということで」

「……お前なぁ……」

どうやら、真面目に勉強の機会と捉《とら》えていたのは、悠利とアリーだけらしい。ジェイクの口振りから、お師匠さんも遊びに来れば良いと言っているぐらいのニュアンスだと察することが出来る。

それで良いのか？　と思いつつ、それなら自分も一緒に行けるかなと思う悠利だった。現金である。ジェイクの発言と、悠利の視線、そして手元の手紙を見て、アリーはため息を吐《つ》いた。この状況で少数派はアリーの方だった。

「まぁ、せっかくのお誘いだ。予定を調整して、行けるやつで行かせてもらおう」

「はーい。師匠への返事はどうします？」

「俺も書く。少し待て」

「解りました。直行便で届けますね」

「頼む」

　直行便って何だろう？　と思ったが、悠利は大人しく黙っていた。そこは別に関係ないことだ。悠利にとって重要なのは、皆と一緒にお出かけが出来るということなのだから。

　わくわくを隠しきれずにアリーを見る悠利。どんなところですか？　誰が行くんですか？　何がありますか？　みたいな顔だ。遠足前の子供みたいな顔である。悠利だって遊びたい盛りの少年なので。

　そんな悠利に、ジェイクがのんびりとした口調で説明をしてくれる。

「師匠の別荘は、山の中にあるんですよ。かなりの秘境なので、周りには集落はありません。その代わり、自然が豊かですよ」

「ジェイクさんはよく行ってたんですか？」

「行ってたというか、一時期そこで生活してましたねぇ。師匠の研究室と繋《つな》がってるので」

「え？」

発言内容がよく解らず、悠利《ゆうり》はぽかんとした。繋がっているとはどういうことなのだろうか、と思ったのだ。お師匠さんの研究室は、王立第一研究所にあるはずである。なのに、秘境の別荘と繋がっているという。意味が解らない。

詳しい説明をしてくれたのは、アリーの方だった。ジェイクにとっては普通のことなので、何が悠利を困惑させているのか解っていないのだ。

「手紙に書いてあるが、その別荘には個人用の転移門が備え付けてあるらしい。それが、王都と王立第一研究所の二カ所に通じてるそうだ」

「個人用の転移門……？」

「まさかそんなもんがあるとは、俺も思わなかったがな……。流石《さすが》は導師というところか……」

「単純に師匠が使えるようにしただけで、元々別荘に備え付けだったらしいですよ」

「アリーさん、僕、ジェイクさんのお師匠さんも大概な人だなって思うんですが」

「ユーリ、ジェイクの師匠だ」

「そうですね」

凄《すご》い人だというのは解ったが、何とも色々とぶっ飛んだ人だなと思った悠利に罪はない。そして、物凄く手抜きで雑な説明をしたアリーにも罪はない。ジェイクの師匠というだけで、普通じゃない可能性がスルー出来てしまうのだ。だってジェイクがコレなので。

転移門とはその名の通り、門と門を繋いで任意の場所に転移することが出来るスペシャルな装置だ。悠利は以前、港町ロカへ赴いたときに使用している。行商人であるハローズのお陰で使えたのだ。

その時に、転移門の殆《ほとん》どは商業ギルドの管理下にあると聞いていたので、まさか個人所有の転移門があるなんて思わなかった。アリーも思っていなかったらしい。

「まぁ、転移門が使えるというなら移動も楽だしな。他の奴《やつ》らの予定も調整して、皆でお邪魔させてもらうことにしよう」

「楽しみですね、アリーさん」

満面の笑みを浮かべる悠利を見て、アリーはとりあえず頷《うなず》くだけにしておいた。別荘での避暑は確かに楽しみだが、普段と違う場所に悠利を連れて行って何事もなく終わるだろうかという考えがよぎったのだ。

ただ、それを口に出すことはしなかった。今回は移動も簡単に終わるし、行き先は周囲に集落の存在しない山奥の別荘。誰《だれ》かと関《かか》わることもないだろう、と。

そんなこんなで予定の調整を終えて後、留守番にブルックとヤクモの二人を残した《真紅の山猫《スカーレット・リンクス》》の面々は、ジェイクの案内で彼の師匠の別荘へと向かうのだった。


そして、冒頭へ話が戻る。

王都側の転移門は王城にもほど近い、貴族達の居住区の一角にあった。王立第一研究所との緊急連絡にも使われているとのことで、こぢんまりとした転移門の設置された小さな建物を兵士が警備していた。中に入れば事務員のような人がいて、事情を説明すれば話は通っていたのかすんなりと通された。

転移門は大人一人分ぐらいの大きさで、登録先はジェイクが説明したように彼の師匠の研究室と別荘の二つのみ。今回は別荘に向かうのでその旨を伝えた悠利達は、転移門で楽々と山奥にある別荘へと辿《たど》り着《つ》いたのだ。

彼らが転移した先は、小さな小屋の中だった。転移門以外は何も置いていない。その小屋を出てみれば、広大な自然と大きなお屋敷が出迎えてくれたのだ。お屋敷が別荘だろうというのは理解出来たが、建物が随分と立派だった。そこに加えて周囲一帯がジェイクの師匠の別荘なのだと説明されて、皆で驚いたということになる。

さて、そんな風に驚いている悠利達を、ジェイクは何一つ気にしなかった。自分の分の荷物を持ったまま、てくてくとお屋敷へ向かって歩いて行く。どう考えても勝手知ったる実家への帰郷みたいなノリだ。まぁ、実際そういう感じなのだろうが。

慌てて悠利達もそれに続く。大人組は慌てず騒がず、オタオタしている子供達や若手組をそっと支えてくれる。実に心温まる光景だ。

「あ、師匠ー、来ましたよー」

大勢の気配に気付いたのか、玄関扉が開かれて、人影が姿を現す。ジェイクが能天気な口調で呼びかけた先を見て、何人かが息を呑《の》んだ。そこにいたのは儚げな美少年だったからだ。おっさんであるジェイク先生の師匠というには違和感のある外見だった。

ゆったりとしたローブを身につけた金髪の美少年は、のんびりとした弟子の姿を見てため息を吐いた。

「相変わらず貴様は間抜けな面が似合う奴じゃな」

「師匠、久しぶりに会った弟子に対する台詞《せりふ》がそれですか」

「喧《やかま》しい。手紙を研究室に転移門経由で放り込むなぞという無精をしおってからに」

「だって、研究室に行ったところで、師匠がいるとは限らないじゃないですか。なら、手紙だけ送り込んだ方が楽だなぁと思いまして」

「転移門は郵便受けではないわい」

「でも、確実じゃないですか」

再会早々繰り広げられる師弟の会話に、周囲は呆気《あつけ》にとられた。何だこの会話と思った者もいれば、この人本当に師匠なのかと思った者もいる。師匠相手でもマイペースを崩さないジェイクも流石だった。

そんな中、悠利とアリーの二人は顔を見合わせて、がっくりと肩を落とした。彼らが脱力しているのは、ジェイクが言っていた『直行便』がどういうことなのかを理解したからだ。配達員に委《ゆだ》ねて遠回りで届けて貰《もら》うよりも、直接師匠に届けた方が早いと言っていたのは覚えている。だがしかし、だからってまさか、転移門に放り込んだだけとは思わなかったのだ。

てっきり、ちゃんと手渡しをしていると思っていた。もしくは、誰かに言付けるか。しかし、ジェイク先生は安定のジェイク先生だった。大雑把なところがあるので、時々こんな風に手段を簡略

化させるのだ。

　とはいえ、師匠の小言も本気のものではないらしい。相変わらずな弟子に対するコミュニケーションなのだろう。しばらく軽快なやりとりをした後は、もう弟子を放置してアリーの下へとやってくる。

「わざわざ呼び立ててすまないな。いつも不肖の弟子が世話になっている」

「お久しぶりです、導師。お元気そうで何よりです」

「屋敷は広い。客室も一人一部屋用意してあるので、皆、ゆるりとくつろいでほしい」

「ありがとうございます」

　代表してアリーが頭を下げて礼を口にすれば、次の瞬間、皆が声を揃《そろ》えて「ありがとうございます」と告げる。賑やかに告げられた謝礼に、儚げな美貌《びぼう》の美少年は口元に老獪《ろうかい》な笑みを浮かべて頷いた。

「儂の名はオルテスタ。名でも、導師とでも、好きに呼んでくれれば良い。皆が滞在中の世話は彼女が務めるので、困ったことがあればこの娘に申しつけてくれ」

「ようこそいらっしゃいました。皆様のお世話をさせていただきます、ラソワールと申します」

　オルテスタの紹介に続いて、彼の背後に慎ましく控えていたメイドらしき女性が一歩前に進み出て恭しく一礼した。足首まで丈のあるスカートが印象的なメイド服のような装いに身を包んだ美女だ。メイド服かエプロンドレスか判断が難しい。

　仕事の邪魔にならないようにだろう。綺麗《きれい》な茶髪は編み込んだ後にアップにまとめられている。

顔立ちは美しいが、どこか人形めいた美しさでもあり、何人かが息を呑んだ。作り物めいた美しさというのは、綺麗だが少し怖い。

それでも、清潔な印象の彼女に対する不快感は覚えない。何かあればこの人に言えば良いんだなと皆が心に刻んだ。

次の瞬間だった。

「ラスー、久しぶりですねー。元気でしたか？」

「ジェイク」

「はい、ジェイクです。うーんと、ここに来るのって何年ぶりぐらいでした、師匠？　ラスも師匠も外見が変わらないので、うっかりしちゃうんですが」

「儂《わし》に年数に関することを聞くな。自分の年を数えるのも止《や》めたんじゃぞ」

「師匠、そういうところ大雑把ですよねぇ」

のんびりとジェイクがラソワールに声をかけ、彼女は淡々と彼の名前を呼んだ。ただし、会話はそこで途切れて、ジェイクとオルテスタの二人のやりとりになる。ぽんぽんと交わされる師弟の会話を、ラソワールはじっと見ていた。

そして――。

「少なくとも五年は過ぎ去っています。少しも顔を見せないので心配していました。ちゃんとご飯は食べていますか？　本の読み過ぎで徹夜をしたり、家の中で倒れたりはしていませんか？」

女性は、それまでの人形のような顔が嘘《うそ》のように、心配だと表情だけでなく身体《からだ》全体で表しながら、ジェイクの顔を覗《のぞ》き込んでいる。感情がのると、先ほどまでの恐ろしさが消えて、むしろ親しみやすい。

……なお、彼女の口にする内容に、《真紅の山猫》の面々はそっと視線を逸《そ》らした。この人の日常生活でのポンコツっぷりは昔からだったのか、と思った者が何人もいる。彼らは悪くない。学習しないジェイク先生が悪い。

そんな学習しないジェイク先生は、のほほんとした口調で己の近況を報告する。……微塵《みじん》も反省せずに。

「食事は忘れてても皆が呼びに来てくれますし、本はまぁ相変わらず読んでますねぇ。倒れてても ちゃんと部屋まで運んでくれるので助かってますよ」

「……ジェイク！」

「はい？」

「どうして貴方《あなた》はそうなのですか……！　ちゃんと規則正しい生活をして、身体を厭《いと》いなさいとあれほど申しつけたでしょう……！」

「いやー、僕なりに頑張ろうとは思ってるんですが、どうにも苦手で」

「マスター！　やはり彼は私がこの館で世話を」

「落ち着け、ラス。皆が驚いておるじゃろうが」

「ですが……！」

待て、と掌《てのひら》で制止されて、ラソワールは大人しく黙った。彼女の激情を引っ張り出した張本人はといえば、「ラスは相変わらずですねぇ」とのほほんとしていた。ダメだこのおっさん、早く何とかしないと。

二人のやりとりを呆気にとられて見ていた悠利達《たち》に、オルテスタは申し訳なさそうに頭を下げてから口を開いた。

「驚かせて申し訳ない。この娘は別荘の管理と客人の世話を任せている家憑《つ》き妖精《ようせい》じゃ。家憑き妖精の中でもシルキーという種族にあたる。メイドのようなものと思ってくれて構わん」

「オルテスタさん」

「何じゃ、少年」

「家憑き妖精というのは、どういうものなんでしょうか？」

それってなぁに？　状態の見習い組や訓練生を代表して問いかけたのは、悠利だった。知らないことは素直に質問出来るのが彼の美点である。その悠利の周囲で、仲間達がこくこくと頷いている。庶民の彼らには縁のない存在だったからだ。

ぱちくりと瞬きをするオルテスタ。そんな師匠に代わって口を開いたのは、ジェイクだった。いつも説明役をやっているので癖が出たのだろう。

「家憑き妖精というのは、大切にされた古い家などに生まれる存在のことです。種類が色々といて、家事を手伝ってくれるもの、家に幸運を運んでくれるもの、悪戯《いたずら》をするもの、家主の敵を追い払ってくれるものなど、様々です」

「全部ひっくるめて家憑き妖精なんですか？」

「そうなります。僕達に職業《ジョブ》があるような感じだと思ってください。家憑き妖精という種族の中で、それぞれ違うタイプがいるんです」

「なるほど……」

いつもと同じように、専門的な単語は極力省いた説明が行われる。大雑把でざっくりとした説明だが、何も知らない面々に解《わか》りやすく説明するのには向いている。ジェイクはこういう説明の仕方が上手だった。彼の数少ない特技である。

慣れた調子で悠利《ゆうり》達に説明するジェイクの姿を、オルテスタとラソワールは驚いたような顔で見ていた。不肖の弟子が、世話を焼かないと日常生活すら危うい庇護《ひご》対象が、ちゃんと立派に仕事をしている姿を見て驚いている感じだった。……ジェイクの今までがよく解る反応だ。

「ラスはその家憑き妖精の中でもシルキーという種族で、家の守護と管理、維持などが得意なんですよ。簡単に言うと、家事全般が得意です」

「それどこのユーリ」

思わずという調子でカミールが口にした。何人かは同意するように頷いている。それを見て、悠利が慌てて口を挟む。

「カミール待って。僕、人間」

「ユーリ、シルキー……?」

「マグ、違うよ！　僕は人間だよ!?」

「冗談」

「……マグの冗談は笑えない……」

いつも通りの無表情で、窺《うかが》うような仕草でマグが口にした発言に、悠利は更に慌てる。慌てる悠利を見たマグは、淡々と冗談だと口にするが、顔も口調もいつも通りなので、本気か冗談かの判別は悠利達には出来ないのだ。とても心臓に悪い。

ただ一人、マグの言いたいことを完璧《かんぺき》に理解出来るウルグスだけが、「お前最近、冗談言うの増えたよなー」と暢気《のんき》な感想を口にしている。人間味が出てきたと言いたいのだろう。若干微笑《ほほえ》ましい視線になったウルグスに、マグはイラッとしたのかその足を軽く蹴《け》っていた。途端に口喧嘩《くちげんか》が始まるが、いつものことなので誰《だれ》も気にしなかった。

「まぁ、そんなわけですから、滞在中の頼み事はラスにすると良いですよ。建物内なら、どこで呼んでも聞こえてるでしょうし」

「「え？」」

「家憑き妖精だと言ったでしょう？　自分の領域内なら、声は簡単に届きますよ。ねぇ、ラス？」

「ジェイク、訂正を求めます」

「アレ？　何か間違ってましたっけ？」

おかしいなぁ？　と首を傾《かし》げるジェイク。そんな彼に対して、美しきシルキーは言いきった。

「私の領域は、この別荘全体です」

「……ん？」

「建物だけではありません。庭も含みます」

「あぁ、なるほど」

淡々としたラソワールの説明に、ジェイクは一人頷《うなず》いた。しかし、《真紅の山猫《スカーレット・リンクス》》の面々は置いてけぼりだ。庭？　と誰かが呟《つぶや》いた。

この別荘には庭らしき庭はない。囲いがされているわけでもなく、広大な自然が広がっている。はたしてこの広い自然の、どこまでが庭の範疇《はんちゅう》なのだろうか。全然解らなかった。

そんな彼らの疑問は、能天気な学者先生によって吹っ飛ばされた。疑問が解消されたのではない。常識ごと吹っ飛ばされた。

「視認出来る範囲全部ということですね。いやー。僕は屋内で生活してたので、全然知りませんでした。ラスの領域って、土地全体になるんですねぇ」

「土地も含めて別荘ですからね。私の領域となります」

「流石《さすが》はシルキーですねー」

のんびりとしているジェイク。当然ですと微笑むラソワール。仲良く会話をしている二人を見て、オルテスタは視線を《真紅の山猫》の面々に向けた。ちょっと同情している顔だった。

師匠には弟子より常識というものが備わっているので、自分の別荘が個人所有の別荘としては規模がアレなことも解っている。なので、ラソワールが己の領域、庭と称した範囲が、どう考えても庭という言葉で説明出来る範疇ではないということも、解っているのだ。

解っているが、事実は事実なのでどうしようもない。この広大な自然をひっくるめて、彼の別荘という認識なのだから。

衝撃を受けている皆を慮《おもんぱか》ったオルテスタが口にしたのは、実に端的な言葉だった。

「皆、とりあえずは荷物を部屋に運ぶと良《い》い。ラス、案内を」

「はい、承知しました。どうぞ皆様、お入りくださいませ」

オルテスタに声をかけられたラソワールは、美しい所作で一礼した。見事なメイドさんだった。促されるまま、一同は荷物を持ったまま屋敷へと足を踏み入れる。外観だけでも解っていたが、中も大変見事な造りの別荘だった。

「客室は二階、三階となっております。二階は男性に、三階は女性にお使いいただけるよう準備させていただきました。不備などありましたら、お気軽にお申し付けください」

たおやかな微笑みと共に階段へと案内されて、皆は大人しくついていく。今日から始まる別荘生活が、どんな風になるのだろうかと思いながら。

なお、二階と三階に分かれて案内するとなった瞬間、ラソワールがいきなり分身したので皆が大慌てするのであった。……家憑き妖精さんは、領域内限定で分身出来るのでした。

◇◇◇

各自部屋で荷物の整理を終えた悠利達は、本日の勉強として屋敷内の書庫へと案内されていた。今日はそこで好きな本を読み、知識を深めるのが目的だ。

そこは、流石は王立第一研究所で名を馳《は》せる導師様と言うべき書庫だった。

ずらりと並ぶ本の数々に、悠利達は驚く。そもそも、書庫の広さがえげつなかった。客室や食堂、応接間などがあった本館から渡り廊下で繋《つな》がっている別館が、全部書庫なのだ。ちょっとした図書館レベルである。

元々は離れとして荷物置きだったり、客人を泊めたりに使われていたらしい建物だ。それを、オルテスタが家主となってからは書庫に改装したのだという。読書スペースが完備されており、更には小さな台所まで備えられている。本好きならば一日中居座れそうな場所だ。

「ここにある本は全て儂の私物なので、好きに読んでくれて構わん。飲み物や食べ物が欲しければラスに声をかけると良い」

何か質問は？　と穏やかな表情で問いかけた見た目は美少年、中身はジジイなオルテスタ。悠利達は特に何も思いつかず、首を左右に振るだけだ。

そんな中、挙手と同時に能天気な声で口を開いたのはジェイクだった。

「師匠ー」

「何じゃ、バカ弟子」

「置いてある素材は使っても大丈夫なんですか？」

「ん？　あぁ、備蓄してある素材か。別に構わん。ただ、何をどれだけ使ったかは申告せい」

「解りましたー」

オルテスタのバカ弟子発言を右から左に聞き流したジェイクは、目当ての情報の確認が出来たので満足したらしい。何がしたかったのか解っていない悠利達に向けて、にこにこ笑顔で説明を始めた。

「ここには師匠が集めた植物や鉱石が置いてあるんですよ。魔物素材もあります。本を見て気になった素材があったら、現物を触ることが出来るので言ってくださいね」

「ジェイク」

「何ですか、アリー？」

「この場所に関してはお前の方が俺達より詳しいだろうから、何かあったら教えてやってくれ」

「あれ？　アリー、どこかに行くんですか？」

不思議そうなジェイクに、アリーはオルテスタの方へと視線を向けた。黙っていれば月に拐《かどわ》かされそうな美少年は、察しの悪い弟子に対して面倒くさそうに言いきった。

「アリー殿に話があるんじゃ」

「師匠がアリーに？　何か厄介ごとでもあったんですか？」

「貴様の日頃の行いを詫《わ》びる為《ため》じゃ、阿呆《あほう》！」

「……あー、なるほどー」

自分のポンコツ具合が話の理由だと全然解っていなかったジェイクは、やっぱり能天気なままだった。お前ら大人しくしろよと告げて、オルテスタの後に続いて去って行くアリー。リーダー様はこんなところに来ても大変だった。

そこで完全に自由行動になった悠利達は、各々興味のある本に突撃を始めた。勉強という名の読書会みたいな感じだ。様々なジャンルの本が置いてあるので、皆が興味津々だ。

そんな中、特に読書に興味のないレレイが手持ち無沙汰《ぶさた》な感じで本棚を眺めていた。彼女は本を読むと眠くなるタイプで、読書よりも身体《からだ》を動かす方が好きだった。なので、この見事な書庫を見てもあまり心が動かないのだ。

しかし、そんなレレイの心をぐっと掴《つか》む本を、発見した者がいる。リヒトだった。

「レレイ、この本はどうだ？」

「リヒトさん？　あたし、本はあんまり得意じゃないんですけど……」

「あぁ、知っている。ただ、この本はレレイの役に立つと思うんだ」

「あたしの役に……？」

どんな本だろう？　とレレイはリヒトが持ってきた本を手に取った。それは魔物の習性に関しての本で、リヒトが何故《なぜ》自分にそれを薦めてくるのかがレレイにはさっぱり解らなかった。表紙を見ても、中身をめくって目次を見ても、何一つ心惹《こころひ》かれない。

その感想は、リヒトの一言で百八十度ひっくり返った。

「その本に、この間の課題の答えが載ってると思う」

「課題の答え⁉」

「あぁ。魔物の生態についてのレポートだっただろう？　水辺に住む魔物についての本だから、多分探せば載ってると思う」

「……つまり、この本を読めば、課題が終わる……？」

「ちゃんと正しい答えを見つけられたらな」

「課題が、終わる……！」

レレイの顔が、輝いた。リヒトから渡された本を、ぎゅっと抱える。……一瞬、本が歪《ゆが》んだようにリヒトには見えたが、気のせいだったのかも知れない。気のせいであって欲しいなと思うリヒトだった。

訓練生には指導係から課題が与えられるのが常だ。それは実技だけでなく座学も含む。むしろ、《真紅の山猫》は座学の多いクランとも言えた。知識はどれだけあっても困らないという感じで。

魔物の生態に関するレポートもその一つだ。

そして、レレイはその手の課題が苦手だった。頭はそこまで悪くないし、頭の回転も決して悪くはない。しかし、幸か不幸か彼女は物事を深く考えるのも、じっくり書物と向かい合うのも苦手だった。なので、課題に必要な資料を探すという段階でよく躓《つまず》くのだ。

今回リヒトは、そんなレレイに助け船を出した形になる。意図してそういう本を見つけてきたわけではない。ただ、目についた本がレレイの課題に役立ちそうだなと思っただけだ。

それでも、リヒトのその優しさがレレイを助けたのは紛れもない事実だった。

「リヒトさん、ありがとうございます！　あたし、頑張る……！」

「あぁ、頑張れ」

「ユーリー！　メモ取りたいから、紙頂戴《ちょうだい》ー！」

課題が終わるかも知れないという希望を抱いたレレイは、本を物色している悠利《ゆうり》の下へとすっ飛んでいった。悠利の手持ちのノートが、使っても使っても無くならない魔法道具《マジックアイテム》と化していることを彼女は知っている。頼めば分けてもらえるのだ。

そんな風に賑《にぎ》やかなレレイの姿を横目に、アロールは面倒くさそうにため息を吐《つ》いた。書庫なんだから大人しくしなよとでも言いたげだが、それをあえて口に出すことはしなかった。

「……それにしても、凄《すご》い蔵書数だ。僕の知らない本もある」

魔物に関する蔵書が並ぶ棚を見ながら、魔物使いの少女は呟いた。彼女は凄腕の魔物使いの一族の出身だ。口伝で伝えられる知識もあるが、市販されている魔物関連の書物もその大半を所有している。だというのに、その彼女が知らない本もちらほらあった。

長命種であり、王立第一研究所の名誉顧問でもあるオルテスタならではの蔵書数なのだろう。弟子のジェイクが本の虫なのも納得の品揃《しなぞろ》えだ。

「アロールー」

「どうかした、ヤック？」

「オイラ、中型の魔物についての本が読みたいんだけど、どれが解《わか》りやすいとかって、ある……？」

見習い組の最年少であるヤックは、まだ知識も乏しい。それでも、向上心に満ちていていつも一生懸命に勉学や修業に励んでいる。そんなヤックなので、自分の無知を素直に口にして、アロールにオススメの本を聞いてくるのだ。

普段の言動はクールかつ毒舌というか発言に容赦のないアロールだが、彼女は基本的に優しい。頼られて悪い気はしないのか、本棚をじっと見た後に一冊の本を手にした。

「これ、図解入りで解りやすいし、文章の表現も簡単な言葉を使ってるから、読みやすいと思う」

「わぁ、アロール、ありがとう。やっぱり、アロールに聞いて良かった」

「どういたしまして。読んでて解らないところがあったら聞いて。その本の中身は殆《ほとん》ど覚えてるから」

「アロール、凄いな……」

「まぁ、魔物使いだからね」

手にした本の厚みを確認して、ヤックは感心したようにアロールを見た。そこそこの厚みのある本なのに、その中身を殆ど覚えているなんて凄い以外の何物でもなかった。

しかし、魔物使いであるアロールにしてみれば、特に誇るべきことでもないらしい。彼女にとっては魔物に関する知識を蓄えるのは基本中の基本でしかないのだ。何気にスペックの高い十歳児である。

そんな年少組の微笑《ほほえ》ましい姿を見守っていたティファーナは、仲良く二人で一冊の本を見ているミルレインとロイリスに気付いた。こちらも随分と微笑ましい光景だ。

「ミリー、ロイリス、二人で何の本を読んでいるんですか？」

「あ、ティファーナさん」

「鉱物に関しての本です。僕もミリーも鉱物を扱いますから」

「凄いんですよ、ここの蔵書。アタイ達が見たこともない鉱物についての本まであるんです」

「それは、二人にとっては宝物みたいな本ですね」

「「はい」」

鍛冶士《かじ》と細工師の二人にしてみれば、鉱物は仕事に使う素材だ。そんな彼らにとって、見たこともないレア鉱物についての情報が載った本は、興味を惹《ひ》かれて止《や》まない一品だった。

勉強をしているというよりは、趣味の範囲で大喜びしているという印象が拭《ぬぐ》えない。けれど、彼らの職業《ジョブ》を考えれば間違いなく勉強になるので、ティファーナは二人を優しく見つめるだけだ。一冊の本を仲良く読む二人の姿は、微笑ましい以外の何物でもなかったので。

そんな風に平和な風景の一角で、考えようによってはとても恐ろしい光景が存在した。本棚の前でじっとしている悠利である。

正確には、悠利とジェイクの二人だ。彼らが立っているのは、錬金に関する書物が収められている本棚の前だ。ずらりと並ぶ蔵書の数々は、初心者向けから上級者向けまで、ありとあらゆる錬金に関する本が取りそろえられていた。

別に、その本が悪いわけではない。本棚の前にいるのが、悠利とジェイクのコンビだというのが悪いのだ。何をやらかすか解らないコンビなので。

「この辺が、初級のレシピが載ってる本なんですよね？」

「ええ、そうですね。ユーリくんは、初級に興味があるんですか？」

「というか、僕、回復薬の作り方を習った以外は、そこまで真面目《まじめ》に錬金釜《がま》の使い方を勉強してないんですよね。なので、この機会に色々知っておくのも良いかなぁと思って」

「あぁ、なるほど。仕事にしてるわけじゃない分、ユーリくんの錬金釜の使い方は独特ですからねえ」

「便利なんですけどねー。インゴットは作っても使い道がないので、やっぱり薬関係かなぁと思うんですけど」

のんびりとした会話をしながら、悠利は一冊の本に手を伸ばす。タイトルは、『便利な薬の作り方・初級編』である。物凄《ものすご》く解りやすかった。今の悠利のお目当てにピンポイントだ。

ちなみに、悠利の錬金釜に関する認識は、便利な調味料作製機である。変則的な使い方として、入浴剤とかシャンプーが出てくる。ただ、後者はハローズが商品として販売しているので、あまり使わない。必然的に、調味料ばっかり作っている悠利だ。

錬金釜は、インゴットを作製したり、調合技能《スキル》で作るのが難しいような特殊な薬を作製したり（薬に関しては調合技能同様に簡単なものを作ることも多々ある）、魔法道具を作製するようなハイパーミラクルな魔法道具さんである。悠利はその辺をちっとも理解していないが。

一応、アリーは悠利に正しい錬金釜の使い方を説明している。同時に、錬金釜を使うには錬金の技能が必要であり、一般人には使うことすら出来ない凄い魔法道具なのだということも、教えている。

ただ、錬金釜の性能を教えたときに「材料を入れてスイッチを入れれば目当てのものを作ってくれる」という解りやすい説明をしてしまった結果、悠利が「じゃあ、ここに材料を入れたら調味料になるんじゃないかな？」と思いついてやらかしてしまっただけだ。そして作れてしまったので、今に至る。

……悠利が錬金釜でよく作るのは、マヨネーズとタルタルソース。色々と察して欲しい。

そんな悠利だが、ずらっと並ぶ蔵書を見て「あ、錬金釜って薬とかインゴットとか作るための道具でもあったんだ」ということを思い出したのだ。思い出したので、初級のレシピから何かを作ろうと思ったのだった。

ここで、初級の本にしか手を伸ばさない辺りが、悠利だった。鑑定系最強のチート技能である【神の瞳《ひとみ》】を保持し、それ故に職業がレア中のレアな探求者である悠利。探求者は【神の瞳】との合わせ技により、「あらゆるものの構造を正しく理解するため、物作りで真価を発揮する」という職業だ。そんな悠利が錬金釜を使うと、作った品物に上昇補正がかかる。

なので、やろうと思えば上級のレシピだろうが、秘匿されている伝説の以下略みたいなレシピだろうが、悠利は作れる筈《はず》だ。悠利の錬金釜は彼の能力に応《こた》えられるように作られたオーダーメイドなので、問題ない。

しかし、当人はその辺のことに無頓着《むとんちゃく》だった。【神の瞳】のことだって、食材の目利きと仲間の体調管理が出来て便利としか思わない悠利である。自分の能力に対する正しい認識は、未だに身についていなかった。

まぁ、そこが悠利らしいといえば、それまでなのだが。

「初級の本で使う材料なら、多分全部揃ってますよ」

「本当ですか？　じゃあ、何か作ってみたいのがあったら、材料借りますね」

「そのときは遠慮無く呼んでくださいね。準備しますから」

「はーい」

のほほんとしたジェイクに、悠利ものほほんと答えた。微妙に怖い会話だったが、聞いている者はいなかった。また、ジェイクが変な本を薦めなかったので、平穏が守られたとも言える。

それじゃあ僕も読書に戻りますねーとジェイクは悠利の側《そば》を離れる。悠利が本を選ぶのに困っていたら手伝おうと思っていたらしい。そんな優しいジェイクを見送って、悠利は本を手に椅子《いす》に座った。椅子とテーブルがあるのはありがたい。

初級の本ということで、載っているのは日常生活で使えそうな薬ばっかりだった。効果も、それほど強力なものは存在しない。簡単な傷を治す薬や、一時的に何らかの効果を発揮するようなものばかり。

その大半は、日々をアジトの家事担当として生きている悠利には無縁な薬ばかりだ。仲間達の常備薬にするにも、効果が限定されてしまって嵩張《かさば》るだけと思えた。

「うーん、作り置きしておけそうな薬は意外と載ってないなー」

まぁ、別に役に立つ薬を作らなければならないわけではない。錬金釜のお勉強という感じで、自分が作ってみたい薬を作るぐらいで良いはずだ。なので、あまり深く考えずに悠利はページをめくる。

そんな悠利の目の前に、そっとティーカップが置かれた。顔を上げれば、お盆を手にしたラソワールの姿があった。

「ラソワールさん？」

「お飲み物をお持ちしました。読書中とはいえ、水分はお取りいただきたいので」

「あ、ありがとうございます」

口元に淡い微笑を浮かべて告げる家憑《つ》き妖精《ようせい》さんに、悠利はぺこりと頭を下げた。服装が服装なので、メイドさんと呼びかけてしまいそうなラソワールは、他《ほか》の面々にも飲み物を配っていたようだ。出来る女性である。

頼んでいないのに飲み物が出てくる快適さに、悠利はちょっとうきうきした。こういう風におもてなしをされるのは慣れてないので、逆に楽しいのだ。ティーカップの横には小さな器に一口サイズのクッキーが入っていた。摘《つ》まんで口に放り込めば粉が落ちない親切設計だ。至れり尽くせりである。

「ところで、ユーリ様」

「様じゃなくても良いんですけど……。何ですか？」

「あのスライムは、何をしているのでしょうか」

「……えーっと、掃除を、してるんだと、思います」

「掃除を？」

ラソワールが示した先にいたのは、ルークスだった。今日も元気にむにむにと床掃除に励んでいる。誰《だれ》に頼まれたわけでもない。単純に、暇を持て余しているだけだ。実に微笑ましい光景でもある。

しかし、家の守護者であり、家事の全てを己が領域と認識している家憑き妖精・シルキーのお姉さんの表情は、曇った。人形めいた美しい面差しが不愉快そうに歪《ゆが》められると、物凄く恐ろしいんだということを悠利は知った。別に知りたくなかったけれど。

「私の掃除に、問題があったということでしょうか？」

「違います！」

「ですが、あのスライムは掃除をしているのですよね？　それはつまり、私が丹精込めて行った掃除に不満があるということなのではありませんか？」

「まったく違います、ラソワールさん！　ルーちゃんのアレは、暇つぶしみたいなものです！　ごろごろしてるのと同じなんです！　決して、決してラソワールさんの掃除に不満があるわけじゃありません……！」

静かな声音で、麗しの美貌《びぼう》で、今すぐ叩《たた》き潰《つぶ》すとでも言いかねないオーラを放つラソワールを、悠利は必死に宥《なだ》めた。ルークスにそんなつもりは微塵《みじん》もないことだけは解っている。いつものノリで、暇になったから床を掃除しているだけなのだ。

いつもならば、そうやって自主的にしていれば皆に褒めて貰《もら》える。自分はエネルギー補給が出来るし、皆には喜んで貰えるし、ルークスには一石二鳥なのだ。まさかそれが裏目に出るとは思わなかった。

悠利が必死に訴えると、ラソワールはそうですかと静かに呟《つぶや》いて、一礼した。お騒がせしましたと優雅な仕草で去って行くお姉さんを見送って、悠利は思った。己の仕事に誇りがある人の領域に首を突っ込むときは、それなりの覚悟が必要なんだな、と。

気を取り直して、悠利は本に向き直る。今の疲れを癒やすためにも、何か楽しいことをしようと思ったのだ。

「あ、これ面白いかも……」

「何か良いのがありましたか、ユーリくん？」

「ジェイクさん、これの材料って揃《そろ》いますか？」

「えーっと、……あぁ、これならすぐに揃いますね。準備してきますから、ちょっと待っててください」

「よろしくお願いします」

新しい本を取りに来たジェイクが悠利《ゆうり》の呟きを聞いて話しかけてきたので、悠利は必要な材料の一覧を見せる。それを一度でしっかり覚えたジェイクは、メモも取らずに去って行く。記憶力は物凄く良いジェイク先生なのである。

ジェイクが材料を用意してくれるというので、悠利はいそいそと学生鞄《かばん》の中から錬金釜を取りだした。魔法鞄《マジックバッグ》と化しているとはいえ、どう考えても入る大きさではないので毎回不思議な気分になる。薄型の鞄から、錬金釜が出てくるのだから奇妙以外の何物でもない。

まさか悠利が錬金釜を持ち込んでいるとは思わなかったらしい何人かが、驚いた顔をしている。とはいえ、そこで悠利の行動に干渉するつもりはないらしい。各々、自分の目当ての本へと視線を戻した。

そもそも、錬金釜に関することは、他の皆には解らないのだ。何が普通で何が異常なのかを理解出来るのは、アリーとジェイクぐらいだ。ジェイクは異常だろうが気にしない部分があるのが玉に瑕《きず》だが。

そんなわけで、誰に止められることもなく、悠利はジェイクが持ってきた材料を錬金釜に放り込んだ。ぽいぽいと無造作に入れるのは相変わらずだ。それでどうにかなるのだから、相変わらず常識外れな魔法道具《マジックアイテム》である。

「スイッチオーン」

ポチッとスイッチを押して、悠利は錬金釜が動くのをじっと見ている。上手に出来るかなぁ？とうきうきしている。

そんな悠利の隣で、ジェイクが本に視線を落とす。そこには、悠利が作ろうと思った薬の情報が載っていた。

「それにしても、何でこれを作ろうと思ったんですか？　ユーリくん、変装の予定とかありました？」

「いえ、変装の予定はないんですけど、お洒落《しやれ》の一つで楽しいかなって」

「お洒落、ですか」

「僕が使う予定はないんですけど」

「はい？」

お洒落に使えると言いながら、自分が使うつもりはないと言う悠利。相変わらずちょっぴりポンコツだった。

ちなみに、悠利が作ろうとしているのは髪染め薬だ。現代風に言うならば、ヘアカラーやヘアスプレーに該当するだろうか。塗った部分の髪色を変えることが出来る薬で、それぞれの色に該当する素材を入れることでバリエーションが豊富になる。

通常の染め粉と呼ばれるものとの違いは、染めやすく専用の薬で簡単に色が戻るところだろう。そうだというのに、ちょっとやそっと水に濡《ぬ》れても落ちない。普通にシャンプーしたぐらいでは色落ちしないのに、色を戻したいときは専用の薬で一瞬で落とせるというのが強みだ。

お忍びで出掛ける貴族やお金持ち、潜入捜査を行う者達《たち》、そしてお洒落として楽しむ人々と、需要は色々だ。悠利としては気になったので作ってみた、ぐらいの理由だが。むしろ、気になったのは簡単に専用の薬で色が戻るという部分だろう。自分の髪だと見えないので、誰かの髪で試してみたいと思う程度には好奇心を刺激されていた。

そうこうしている間に、錬金釜《がま》が止まる。ぱこっという可愛《かわい》らしい音と共に蓋《ふた》が浮き、完成を知らせる。悠利は嬉々《きき》として蓋を開け、中身を取り出した。

「わーい、出来たー。鑑定してみようーっと」

現物を見たことがない悠利なので、きちんと狙ったものが作れたかどうかを確かめるのには、鑑定するのが一番だ。【神の瞳】さんならば間違いないので。

はたして、鑑定結果はというと――。

――髪染め薬（特殊容器仕様）
一般的な材料で作られた髪染め薬。作製者の技量により、より鮮やかな色に染色出来ます。
薬自体は標準の範囲内ですが、作製者のイメージの結果、容器が特殊仕様です。
他には存在しない形状ですので、その点を踏まえて使用することをオススメします。

薬は問題なく作れていたが、鑑定結果はいつも通りフランクだった。フレンドリーとも言う。どう考えても色々変なのだが、悠利にしてみれば馴染《なじ》んだ鑑定結果なので気にしない。

悠利が気にしたのは、手にした髪染め薬の容器だ。具体的に言うと、その先端部分の形状にある。

「……もしかして僕、また、やらかした……？」

首を傾《かし》げつつ、悠利は手の中の容器を見る。その形状は、現代日本なら別に珍しくもないものだった。力を入れれば中身がにゅるっと出てくる柔らかい容器部分に、出てきた中身が塗りやすいようにブラシの形状をした先端部分。所謂《いわゆる》、毛染め用品の容器に似ている。

レシピが載っていた本の中で、髪染め薬をブラシに付けて髪に塗っていたので、悠利のイメージが毛染め用品と結びついた結果だった。どうせブラシを使うなら、最初から一体化している方が便利だろうなぐらいのノリだ。

しかし、ここは異世界である。魔改造民族日本人が便利さを追求して作り上げたものと同じ容器は、存在していなかった。いつも通りのうっかりだった。

「おや、奇妙な容器ですねぇ。ユーリくん、どういう意図があるんですか？」

「あー、えーっと、押したら中身が出てきて、この先端のブラシ部分に流れてくるので、そのまま髪を梳《と》かせば塗れるなーって感じの形状です」

「君は本当に、色々と予想外のことをしますねぇ」

「……故郷にはあったんです」

「ユーリくんの故郷は面白いですね」

「あははは……」

のほほんとしたジェイクの言葉に、悠利は何度目になるか解《わか》らない台詞《せりふ》を口にした。嘘《うそ》は何一つ言っていない。故郷には普通にあった。ただその故郷が異世界だと言っていないだけだ。

興味深そうに、悠利が作製した特殊容器入りの髪染め薬を手に取るジェイク。外部に出すわけではないけれど、これは後でアリーに報告するべきなのか真剣に悩む悠利。そんな二人の下へ、ひょっこり顔を出したのはカミールだった。

「ユーリ、何しょげてんの？」

「あ、カミール。……ちょっと、変な入れ物で髪染め薬作っちゃったから、アリーさんに言わなきゃダメかなーって思ってたところ」

「リーダーには全部きちんと報告する方が良いと俺は思う」

「そんな真顔にならないでよ……」

「ユーリはしれっとやらかすからなぁ……」

「うぅ……」

やらかした直後なので、何も否定出来ない悠利だった。

言うだけ言って満足したのか、カミールはジェイクが手にした髪染め薬へと興味を移す。見慣れない容器に入った薬だが、悠利が作ったのならば変なものではないだろうという謎《なぞ》の信頼があった。安全面という意味では、信頼度は高い。

ただ、商家で生まれ育ったカミールにとっても、見たこともない形状の容器だった。何だこれと呟いてしまうのは無理はない。そんな彼に、しょんぼりしている悠利に代わってジェイクが説明を始める。

「押すと中身が出てきて、この先端のブラシで直接塗れる仕組みらしいですよ」

「物凄《ものすご》く便利なやつだ」

「ユーリくんの故郷にはあったらしいです」

「……ユーリの故郷って、マジで何なの？」

「……ここからは遠い場所にある、ご飯が美味《おい》しい割と平和な国です」

他に説明のしようがなかった悠利だった。食へのこだわりが無駄に強いのと、色んなものを魔改造するのに定評がある民族の国だ。それでも、戦争は存在しないので、平和な国と言っても多分間違ってない。

「なぁユーリ、これ使ってみて良《い》いか？」

「え？　うん、良いけど」

「んじゃ、毛先の辺りだけ〜っと」

悠利の許可を貰ったカミールは、うきうきと髪染め薬（特殊容器仕様）をジェイクから受け取った。首の後ろで結わえていた髪を解《ほど》き、一房取って毛先の一部に薬を塗る。先端がブラシになっているので、簡単に塗ることが出来る。

カミールの髪は綺麗《きれい》な金髪だが、髪染め薬を塗った箇所は濃い茶色へと変化した。塗った薬が乾けばそれで色が定着するので、とてもお手軽だ。

「これ、めちゃくちゃ使いやすい」

「そう？」

「おう。これ一本で塗れるんだもんなー。情報収集のときとか便利そう」

「待って、カミール。君、何やってるの？」

「え？　普通に情報収集だって。ただ、この髪だと目立つから、帽子被《かぶ》ったりしてたんだよなー。代金払うから、今度作って」

「……アリーさんの許可が下りたらね」

「了解ー」

満面の笑みを浮かべるカミールに、悠利はその場でがっくりと肩を落とした。見習い組の一員だというのに、妙に情報通なカミールの私生活の一端が見えた気がした悠利だった。まぁ、危ない橋は渡っていないようなので、気にしないことにした。

「あぁ、調査とか潜入のときにも便利ですよねぇ。何本か持っていれば、定期的に髪色を変えられますし」

「それです。結構、髪の色で相手を判断するんですよね」

「目の色を変えるのは難しいですが、髪は簡単ですからね。髪型を変えるだけでも印象が変わりますし」

仲良く会話をしているジェイクとカミール。その二人の会話を聞きながら、悠利は遠い目をした。のほほんとした会話だが、微妙に深く考えたくない内容のような気がしたのだ。

ただ、そう思うのは悠利が家事担当としてアジトの近辺だけで生活が終わっているからだ。所謂一般人枠にいる悠利と、冒険者稼業をしている皆の価値観が異なっていても仕方がない。彼らにとっては、情報を得るのは命綱のようなもの。その為《ため》の技術や道具は、いくらあっても足りないぐらいだ。

だから、悠利が何となくのイメージで作り出したこの髪染め薬は、仲間達にとっては便利な道具になるのだ。お洒落に使って貰《もら》えば良いと思っていた悠利だが、実際は何らかの任務や修業のときに使うことも出来るだろう。世界は広いなぁと思う悠利だった。

なお、髪染め薬の珍妙な形状を見たアリーは、脱力した後に「面倒なことになるから外部には出すなよ」といつも通りの忠告をするのだった。お父さん、お疲れ様です。

◇◇◇

ジェイクの師匠の別荘にやってきた二日目、家主であるオルテスタに不思議な装置があると言われた悠利《ゆうり》達は、彼の案内でとある場所にいた。そこは、広い広い洞穴だった。

別荘の裏手、山裾《やますそ》に広がる洞穴だ。自然に出来たものなのか、人工的に作られたものなのか、判断が難しい。人の手がまったく入っていないわけではなく、しかして人が作ったというには自然が残っているのだ。

「導師、ここは？」

「この洞窟《どうくつ》を含めて、人工遺物《アーティファクト》じゃ」

「人工遺物……？」

アリーの問いかけに、オルテスタは淡々と答えた。古代の遺物である人工遺物は、現代の魔法道具の比ではない凄《すさ》まじさを誇る。研究者達が必死に解明しようとしても、その一部を理解することしか出来ないのだ。

常識を覆す、突拍子も無い能力を秘めた物。それが人工遺物だ。

ただ、オルテスタが示す洞窟は、そんな不思議な何かには誰《だれ》の目にも見えなかった。自然の洞窟とはちょっと違うなぐらいにしか見えない。

不思議そうな周囲をオルテスタは中に導く。進んだ先には、広い空間があった。天井も高く、へタをしたら家が一軒丸ごと入りそうなぐらいだ。

けれど、それだけだ。

ただの広い洞窟にしか見えないこの場所が人工遺物だと言われても、皆には何のことか解らない。洞窟の中だというのに随分と明るいということ以外、変わったことはないように思えるからだ。

しかし、この場には二人だけ、人工遺物の意味を理解出来る存在がいた。悠利とアリーだ。

「不思議な空間ですねー」

「虚と実が混じり合ってる感じだな」

「あの辺が境界っぽいですよね、アリーさん」

「あぁ。起動装置は、壁付近にある石柱か」

「多分そうですね。あそこだけ、ちょっと違う感じですし」

のほほんとした口調の悠利と、静かな口調のアリー。いつも通りといえばいつも通りな二人の会話に、仲間達は聞き耳を立てている。この二人が類《たぐ》い希《まれ》なる鑑定能力の持ち主だと、彼らはちゃんと知っているからだ。

悠利の【神の瞳《ひとみ》】は鑑定系最上位の技能《スキル》であり、今現在この世界では悠利しか所持していないレア中のレア技能だ。アリーが所持している【魔眼】の技能は他《ほか》にも所有者はいるが、彼はその技能レベルをＭＡＸまで上げている猛者《もさ》だ。隻眼の影響で能力が半減しているが、それでも通常レベルの【魔眼】持ちよりは遥《はる》かに優れている。

そんな二人なので、目の前の空間を人工遺物だと認識して、その状態を理解しようとして見れば、様々なことを知ることが出来る。

アリーは今まで培ってきた知識に合わせて、簡潔な鑑定結果を見ているだろう。辞書か解説かぐらいの素っ気ない、淡々とした鑑定画面の筈《はず》だ。それが普通である。悠利も初期はそうだったが、今は違う。持ち主に合わせてアップデートされた技能は、最近では実にフレンドリーでフランクな鑑定結果を見せてくれるのだ。

——現《うつ》し身の間
領域内に入った者の現し身を作製する人工遺物。

生み出された現し身は領域内から出ることは出来ない。

領域を含めて人工遺物であり、起動装置を他の場所に持っていっても現し身は発生しないので諦《あきら》めてください。

また、領域内は特殊な力が働き、そこでの変化は感覚はあっても現実の肉体には影響しません。

なお、外で怪我《けが》をして領域内に入り、それから出ても別に傷は治らないので誤解はしないようにしてください。


相変わらずフランクだった。色々とツッコミどころ満載だった。

しかし、その鑑定結果を見ることが出来るのは悠利だけなので、何も問題はなかった。アリーが見ていたらツッコミが炸裂《さくれつ》しただろうが、悠利にとってはコレが普通なので仕方ない。この持ち主にしてこの技能ありという感じだ。

「どうやら、この人工遺物が何であるのか、把握したようじゃな。参考までに、名を問うても良いかな？」

「「……」」

オルテスタの問いかけに、悠利とアリーは顔を見合わせた。目で会話をした二人は、こくりと頷《うなず》いてから口を開いた。……どちらも、相手が自分と同じ答えを知っていると疑っていなかった。

「「現し身の間」」

悠利のおっとりした声と、アリーの低い声が同時に一つの名を告げた。オルテスタはその答えに満足そうに頷き、ジェイクは笑顔でぱちぱちと拍手をしている。流石《さすが》ですねーと笑う学者先生は、通常運転だった。

現し身？　と誰かが呟《つぶや》くのが聞こえた。耳慣れない単語だったからだろう。何だそれとざわざわする一同に、オルテスタは人工遺物の説明を始めた。

「二人が告げたように、この人工遺物は現し身を生み出す装置だ。この領域内でのみ存在する現し身、すなわち、中に入ったものの影を生み出すことが出来る」

「簡単に言うと、もう一人の自分が生み出されるんですよー。まぁ、言葉は話せませんし、ここから外に出すことも出来ないんですけど」

オルテスタの説明を、ジェイクが補足する。もう一人の自分が出てくると聞いてうきうきした者達《たち》は、外に出せないと言われてしょんぼりしていた。手伝って貰える分身が出来ると思ったのに、違ったからだ。

この人工遺物が生み出す現し身は、対象者をそっくり写し取ったような何かだ。言葉は話せないが思考はあるらしく、行動パターンは元の人物のそれに由来する。

「外に出せないなら、使い道って特にないんじゃないですか？」

「まぁ、非常に限定的ですけど、使い道はあるんですよ、カミール」

「どの辺にですか？」

「物凄く雑に説明すると、自分と戦えます。修業に持ってこいなんです」

「「はい？」」

カミールの至極もっともな疑問に、ジェイクは簡潔に答えた。あまりにも簡潔な返答だった。しかし、その意味を正しく理解出来る者はなかなかいなかった。

皆が困惑しているのを理解したジェイクは、のほほんとした口調で説明を始める。求められなくても説明をするのは、彼の性質みたいなものだった。

「実はこの現し身が出現する領域内で負った傷は、外に出てしまえば元に戻るんです。痛みや感覚はちゃんとあるんですけど、怪我を気にせずに自分の現し身と戦うことが出来るんですよ」

「怪我、しない？」

「マグ、違います。怪我はします。ただし、あくまでもあの領域内でのみ存在する怪我なんです。だから、痛みはありますよ」

「……怪我、治る、便利」

「おやおや、やる気満々ですねー」

そういうことに興味がなさそうなマグが、誰より早く食いついた。怪我を気にせずに修業が出来るということで、やる気が出たらしい。とことこと起動装置の方へと歩いて行く。

「あ、こらマグ！　勝手に装置に近づこうとしてんじゃねぇよ！　使い方知らないだろ！」

「邪魔」

「だーかーら！　ちゃんと説明聞いて、許可をもらってからやれって言ってんだよ！」

「面倒」

「お前のその、色んな手続きとか承諾を面倒くさがるところ、どうにかしろよな！」

自分の前を通り過ぎた小さな身体《からだ》を、ウルグスは襟首を引《ひ》っ掴《つか》むことで確保する。途端にマグが面倒くさそうな顔をして、ウルグスの腕から逃れようと攻撃をするが、体格からくるリーチの違いでウルグスには届かない。いつも通りにぎゃーぎゃー言い合っている二人だった。……なお、いつも通り、基本的にウルグスが正しい。

マグが色々とアレな反応を示していたが、人工遺物の性能を理解したことで顔を輝かせている者がいた。レレイとマリアの血の気の多い物騒女子のお二人だ。武器は己の肉体！　みたいな前衛職の二人は、キラキラとした瞳でジェイクを見ていた。

「あー、ここにもやる気満々な方がいましたねー」

「ジェイクさん、ジェイクさん！　その装置って、団体戦も出来る？」

「自分と戦えるのも楽しいけれど、連係の確認とか出来るととっても嬉《うれ》しいんだけれど、どうかしらぁ？」

「あぁ、はい、出来ますよ。基本的に、こちらの感情に反応して行動を取るので、こっちが団体戦を希望したら認識した相手が動きます」

「『やった！』」

「嬉しそうですねぇ」

楽しい玩具《おもちゃ》を発見したと言いたげなレレイとマリアの姿に、ジェイクはのほほんと笑っている。トゲどころか殺傷兵器なので、全然羨《うらや》ましくない一同だった。

使い方を教えて欲しいと二人に両腕を取られ、連れて行かれる。文字通り両手に花だが、その花はとはいえ、女性陣二人の言い分とジェイクの説明から、非常に有益な修業場だということを理解した一同は、三人の後を追いかけていく。追いかけなかったのは、悠利とアリー以外では、イレイシアだけだった。

「……アレ？　イレイスが残るのは解《わか》ったけど、ミリーとロイリスも行っちゃったの？」

「はい。お二人とも怪我を気にせず修業が出来るなら、と」

「あの二人って、戦闘に興味があったっけ？」

物作りコンビのミルレインとロイリスの二人まで現し身発生装置に興味津々なのは、悠利にはちょっと不思議だった。というか、ミルレインだけならばまだ納得は出来た。彼女の一族は「鍛冶士《かじ》たるもの、己が作った武器を使いこなせてこそ一人前！」みたいな主義なのだ。その為《ため》、ミルレインは鍛冶士だが戦闘能力もそこそこあった。

細工師のロイリスが戦闘力を求める理由は悠利には解らなかったが、イレイシアには少しばかり心当たりがあった。

「ロイリスは素材の発掘で行ける場所を増やしたいのだと思います」

「あぁ、なるほどー。自分の身は自分で守れないとダメだもんねぇ」

「はい。……そういう意味では、私も装置を使わせていただく方が良いのかもしれませんわね」

「イレイス、無理しちゃダメだよ？」

「えぇ、解っていますわ」

ふわりと微笑《ほほえ》む美少女の笑顔、プライスレス。

イレイシアは吟遊詩人なので、基本的には後方から味方の支援をするのがお仕事だ。あまり荒事に向いているとも言えない。しかし、彼女は吟遊詩人として各地を巡りたいと思っているので、自衛のための戦闘能力は身につけていても損はしない。そういう意味では、怪我を気にせず修業が出来るというのは魅力的だ。

行って参りますと一礼して去って行くイレイシアを見送って、悠利は足元のルークスを見た。可愛《かわい》い可愛い従魔は、じぃっと悠利を見上げていた。行ってきても良《い》い？　みたいな感じだった。

「……ルーちゃんの現し身も出てくるのかなぁ？」

「出るんじゃねぇか」

「え？」

「アロールの現し身が、ナージャを連れてるぞ」

「あ、本当だ」

装置の使い方をジェイクから教わった面々が、領域内で自分の現し身と戦闘訓練をしている。その中に、魔物使いのアロールの姿があった。彼女が対峙《たいじ》しているのは自分の現し身で、そしてその傍《かたわ》らにはナージャの現し身がいた。

どうやら、魔物でも現し身を作ることは出来るらしい。オルテスタがほほうと呟《つぶや》いているところを見るに、彼らも知らなかったのだろう。……まぁ、ここは彼の別荘で、招く相手も限定しているとなれば、魔物で確かめることもなかったのだろう。

とにかく、魔物でも現し身が現れることが判明した。ルークスは、キラキラと目を輝かせている。あそこならば思う存分戦闘訓練が出来るとでも思っているのだろうか。可愛い見た目に常識外のスペックを誇る超レア種の変異種スライムは、主《あるじ》の許可を待っていた。

「えーっと、周りの皆の邪魔にならないようにね？」

「キュ！」

「暴れすぎちゃダメだよー」

「キュピー」

悠利《ゆうり》の言葉に、大丈夫ーと言いたげにぽよんと跳ねてルークスは皆の下へと向かった。物凄《ものすご》く楽しそうな後ろ姿だった。

可愛い従魔を見送った悠利は、隣に立つアリーを見上げた。自分の現し身を相手に戦闘訓練をしている皆を見ているが、表情が微妙だった。

「アリーさん？　どうかしたんですか？」

「ん？　あぁ、いや……」

「？」

「……ブルックが聞いたら、物凄く羨ましがるだろうと思ってな」

「ブルックさんが、ですか……？」

アリーの言葉に、悠利は首を傾《かし》げた。甘味には目がないが、それ以外は常に冷静沈着なイメージのクール剣士殿が、いったい何を羨ましがるんだろうかと思ったのだ。

そんな悠利に、アリーは肩を竦《すく》めて答えを教える。……事情を知っている悠利にならば、通じると考えて。

「あいつは強すぎるからな。普段、誰《だれ》かと手合わせをしたところで、マトモに戦闘訓練にはならねぇんだよ」

「あ」

「まぁ、当人も普段は別に本気を出さなくて良いと思ってる節はあるがな。それでもあいつも戦闘職だ。自分と戦えるなら絶好の機会だと思う筈《はず》だ」

「なるほどー。確かに、ブルックさんの鍛錬相手になる人はいませんもんねぇ」

凄腕剣士として皆に認識されているブルックは、その実、人間ではない。人間のフリをしているだけで、その正体は竜人種《バハムーン》という人と竜の二つの姿を持つ戦闘種族だ。おそらくは、ヒト種の中ではもっとも戦闘能力に長《た》けている種族だろう。

それだけに、彼と渡り合えるだけの実力者は《真紅の山猫《スカーレット・リンクス》》に存在しない。身体能力が高いダンピールのマリアや獣人のラジですら、ブルックの足元にも及ばない。

それは、何も種族的な能力の差だけが原因ではない。竜人種は長命種でもあるのだ。ブルックが今何歳なのかは、当人も覚えていないという。だが少なくとも、三桁《けた》を越えてから随分になるはずだ。彼の強さには、それだけの経験が蓄積されている。

「マリアさんが生き生きしてるのも、似たような理由なんですかね」

「ブルックが聞いたら一緒にするなと言いそうだが、まぁ、概《おおむ》ね同じだろう。遠慮せず、全力を出せるという意味では」

血の気が多く、戦闘で高揚すると周囲の声が聞こえなくなるほどの戦闘狂であるマリアは、彼らの視線の先で楽しそうに笑いながら戦っていた。相手をしているのはレレイの現《うつ》し身とマリアの現し身だ。女子二人のタッグマッチらしい。

見習い組は四人チームで戦闘訓練をすることを選択したらしく、わちゃわちゃしている。特筆すべきは、現し身のマグと本体のマグの区別がつきにくいところだろうか。

現し身達はいずれも無表情で、傷を負っても表情が変わらない。そこで見分けているのが、マグは普段から表情が変わりにくいので、紛らわしいのだ。唯一間違えていないのがウルグスだが、カミールやヤックは時々現し身と本物を間違えて、わたわたしている。

それ以外の面々は、自分との一対一を選んでいるようだった。どこも白熱している。怪我《けが》をしているのがちらほら見えるが、外に出てしまえば大丈夫だという説明を受けているので、悠利も慌てない。そうでなければ、怪我が見えた瞬間に回復薬を持って走り出していただろう。

そんな中、ルークスが自分の現し身と戦っているのが見えた。愛らしいスライムの攻防戦だ。微笑《ほほえ》ましく見える光景だが、実際は驚異的な戦闘能力を誇るスライムの一騎打ちなので、地味に床がえぐれていたり、吹っ飛び方がえげつなかったりする。愛らしい見た目だけに、インパクトが凄かった。

「うわぁー、ルーちゃん凄いー」

可愛い従魔が本気で戦っているところなど滅多に見ないので、悠利はもっと近くで見ようと歩いて行った。アリーはオルテスタと会話をしており、気を付けろよと一言告げるだけだった。

現し身は領域の外には出られないし、そこで生じた衝撃なども外には飛んでこない。近くで見ても危なくないので、アリーも悠利を放っておいたのだ。

「ルーちゃん、頑張れー」

「キュピー！」

悠利の応援に、ルークスが嬉しそうに鳴いた。頑張る！　とでも言いたげだった。ルークスはご主人様が大好きなのだ。

近くまで寄ってルークスとその現し身が戦っているのを見る悠利。他《ほか》の仲間達の姿もだが、戦っている姿に面白いなぁと思ってしまう。普段は悠利と他愛ない会話をしたり、食べ物の取り合いをしたりしている仲間達の格好良い姿がいっぱいだからだ。

皆凄いなぁ、頑張ってるなぁと思っていた悠利。見学することに一生懸命になっていた悠利の足が、領域の中へと入った。わざとではない。姿勢を直した瞬間に、踏み込んでしまったのだ。

「あ、ユーリくん」

「へ？」

「……入っちゃいましたねぇ」

「あ……」

困ったような声でジェイクに名を呼ばれた悠利が振り返れば、起動装置の側《そば》、現し身が発生しないように領域の外側に立っていた学者先生はへにゃりと笑った。仕方ない子ですねぇとでも言いたげな表情だった。

そこで悠利も、自分が領域内に入ってしまったことを理解した。瞬間、起動装置は悠利も対象者とみなして現し身を作製する。悠利の目の前に、無表情の悠利が現れた。

「わー、本当にそっくりだー。ドッペルゲンガーみたいー」

しかし、悠利は悠利だった。皆が戦闘訓練に活用している現し身が現れたとしても、へろろんとしている。まぁ、悠利に戦闘能力はないし、戦闘意欲なんてものはもっとないので、現し身が現れても危険はないだろうが。

とりあえず、特に現し身に用はないので外に出ようと思った悠利の目の前で、現し身悠利は持っていた学生鞄《かばん》の中をごそごそと弄《いじ》る。何かを探しているようだ。

「……ジェイクさん、現し身って持ち物も再現されるんですか？」

「最低限という感じですけどねぇ。彼らが使ってる武器は再現されてますけど」

「……僕の現し身、何を探してるんだと思います？」

「僕に聞かれても解らないですよ。だって、基本的な行動パターンはユーリくんが元になってるんですから」

「僕にも解らないんですよー」

悠利とジェイクが暢気《のんき》な会話をしている間にも、現し身悠利は目当てのものを探し出したらしい。そして、学生鞄から取りだしたそれを、すっと悠利に差し出した。

それは、コップだった。

「……何でコップ？」

「……」

「えーっと、受け取れってことで良いのかなぁ？」

「……」

「あ、はい。ありがとうございます？」

ぐいぐいと押し付けるように差し出されたコップを、悠利は受け取る。とりあえず受け取ったが、現し身が何をしたいのか全然解らなかった。

そんな悠利の目の前で、現し身の悠利は再び学生鞄に手を突っ込み、ある物を取り出した。水筒だった。そして、その水筒の中身を、悠利が手にしたコップに注いだ。

……ただし、注いでいるように見えるだけで、実際は何も出ていない。どうやら、飲食物は再現出来ていないらしい。

とはいえ、現し身の行動から悠利は、相手が何をしたいのかを理解した。そもそも、元が自分の行動パターンだと言われれば、想像も容易《たやす》い。

「おもてなし、ありがとうございます」

「……」

ぺこりと頭を下げる悠利に、現し身の悠利もぺこりと頭を下げた。顔は無表情のままだが、行動は飲み物をどうぞという感じに満ちていた。優しさと労《いたわ》りがいっぱいだ。

……つまるところ、本体が他人をもてなしたりお世話をすることが大好きなので、現し身もその思考が反映されているらしい。皆のように戦闘訓練という発想が一切存在しない悠利なので、本質に従って行動しているようだ。

「ユーリくん……?」

「ジェイクさん、僕、現し身におもてなしされました!」

「いやー、君は本当に、何というか、相変わらずですねぇ……」

「へ?」

現し身って面白いですね! と満面の笑みを浮かべた悠利だが、ジェイクはしみじみとした口調で呟くだけだ。どうしてそんな反応をされるのか解《わか》らない悠利が首を傾げているが、ジェイクにしてみれば当然の反応だった。

そもそも、今まで彼らは、この現し身発生装置を戦闘訓練にしか使っていない。ジェイクもまた、

怪我が治るという特性を生かしてここで修業をした身だ。必要最低限の護身術は必要だという理由で。

ジェイクですら、そうなのだ。また、イレイシアやロイリスという戦闘意欲の低い面々でも、自分の現し身と戦闘訓練をしている。誰一人、悠利のように穏やかに、穏便に現し身と対峙《たいじ》してなどいない。

「……何やってんだ、お前」

「アリーさん、現し身におもてなしされました」

「……そうか。良かったな」

「はい」

にこにこ笑顔の悠利に、アリーは疲れたように呟くだけだった。今の会話だけで何となく事情を察したらしい。

ちなみにジェイクの方は、現し身の行動パターンの新しい例として、嬉々《きき》として悠利の現し身を観察している。安定の学者先生だった。いつもと違うのは、そこにオルテスタが加わっていることだろう。導師様も、人工遺物《アーティファクト》関係は気になるらしい。

興味津々で領域の外側から自分を見ているジェイクとオルテスタに、悠利の現し身は首を傾げて、そして、ごそごそと学生鞄の中を漁《あさ》る。

「あ、僕達は中には入らないので、コップは結構ですよ」

「……」

「うむ。儂《わし》らが入ると、儂らの現し身が発生するのでな」

「……」

「あ、残念がってる」

ひらひらと手を振ってジェイクがもてなしを拒否すれば、オルテスタも説明を追加する。そんな二人に、悠利《ゆうり》の現し身はしょぼんと肩を落とした。表情こそ無表情のままだが、仕草で残念がっているのは一目瞭然《いちもくりょうぜん》だった。

そんな自分の現し身を、悠利はぽんぽんと肩を叩《たた》いて慰める。そういうこともあるよと本体に慰められて、現し身は涙を拭《ぬぐ》うような仕草をした。無駄に芸達者である。

「ユーリ、とりあえずお前、もう出てこい」

「はーい」

「え⁉　ダメですよ、アリー！　ユーリくんを出しちゃったら、この現し身の観察が出来ないじゃないですか！」

「え？　僕、もしかしてしばらくここにいなきゃダメなんですか？」

「もうちょっと、せめてもうちょっと観察させてください、ユーリくん……！」

「……お前な……」

珍しい観察対象を発見した学者先生は、領域の外側から必死に悠利に訴える。呆《あき》れてため息を吐《つ》くアリーと、困ったような顔の悠利。ジェイクを止めてくれるかと思ったオルテスタだが、合法ショタのお師匠様は、弟子の隣で同じように拝む仕草をしていた。なんてこったい。

「……導師、貴方《あなた》まで……」

「いや、手間をかけているのは理解しておるが、こんなことは初めてなのでな。もうしばし、観察させてもらえるとありがたい」

「そうですよ、アリー。とても貴重な状況なんですから！　ただでさえ、何がどうなってるのか解ってない人工遺物なんですし！」

「お前はこういうときばっかり普段の三倍ぐらいのやる気を見せるな」

「わー、安定のジェイクさーん……」

普段と打って変わってハイテンションなジェイクの様子に、アリーは頭を抱え、悠利は遠い目をして呟《つぶや》くのだった。今日も学者先生は絶好調です。

その後、ジェイクが満足するまで現し身と戯れた悠利は、自分に思う存分もてなされるというとても貴重な体験をして、今後のおもてなしに生かそうと思うのでした。悠利も割と安定です。

◇◇◇

「あの、僕もお手伝いしても良《い》いですか？」

「……」

悠利の問いかけに、美貌《びぼう》の家憑《つ》き妖精《ようせい》・シルキーは沈黙を返事とした。ラソワールの沈黙が、大変怖かった。人形めいた端整な顔立ちには何の表情も浮かんでいないのだ。どう考えても怖い以外の何物でもない。

ラソワールにとって、家事は己の存在意義とも言える。彼女は家を守護するものであり、客人のもてなしと家事に己の全てを賭《か》けているようなものだ。なので、他人の手出しを好まない。

出会って初日に、いつものノリで床掃除をしているルークスを見て恐ろしいオーラを発したのも記憶に新しい。それぐらい、家事は彼女にとって神聖なものだ。

悠利にもそれは解っている。解っているが、それでも、こっちはこっちで色々あるのだ。

「私の料理に、至らぬところでもありましたでしょうか？」

「違います！　とても美味《おい》しいご飯です！　文句なんてありません！　僕はただ……」

「不満がないのであれば、何故《なぜ》そのようなことを仰《おっしゃ》るのですか？」

やはり、ラソワールのオーラは怖かった。顔は無表情で、背後には何やら得体の知れないオーラを背負っているのだ。不愉快に感じていると全身で訴えてくる美女に、悠利は必死に訴えた。

彼女の料理に不満などありはしない。料理だけではない。流石《さすが》は家憑き妖精というべきか、彼女の家事は完璧《かんぺき》だった。快適に過ごさせて貰《もら》っている。

だがしかし、そろそろ禁断症状が出そうなのだ。……端的に言えば、悠利は、家事に飢えていた。

「その、ルーちゃんが掃除が大好きでお手伝いをさせてもらっているように、僕は料理をするのが好きなんです」

「……はい？」

「ラソワールさんにとって家事が大切なお仕事なのは解っています。お邪魔はしません。ほんの少しで良いんです。僕に、料理をさせてもらえませんか？」

「……料理が、お好き、と？」

「はい」

ぱちくりと瞬きをするラソワールに、悠利はこくりと頷《うなず》いた。きっと彼女は、悠利が何を言っているのかよく解っていないのだろう。

常日頃、悠利は自分が食べたいものや、仲間達《たち》の食べたいものを作っている。喜んでくれる皆のために料理をするのは、彼の趣味でもあった。他《ほか》のメンバーと違って修業と無縁な悠利は、空き時間が出来ると家事をしたい欲求がむくむくと湧いてきたのだ。

自分はお客様としてここにいる。そのことは理解している。それでも、厨房《ちゅうぼう》の隅っこで何かを作らせて欲しいなと思ってしまったのだ。

「……つまり、貴方にとっては料理が好きなことであり、楽しいことであり、それをすることで満たされるということですか？　あのスライムのように？」

「そうです」

「……なるほど」

悠利の言い分を聞いたラソワールから、怖いオーラが消えた。何やら真剣な顔で考え込んでいるが、とりあえずお怒りモードは解けたらしいと理解して、悠利はホッと胸をなで下ろした。美人が怒ると本当に怖いのだ。

しばし考え込んでから、ラソワールはふわりと柔らかな表情を浮かべて悠利を見た。

「ラソワールさん？」

「そういう事情でしたら、おもてなしの一環として料理をなさるのを許可いたしましょう」

「本当ですか⁉」

「はい。お客様を満足させられないのは、私としても不本意ですから」

「ありがとうございます！」

ラソワールの許可をもらった悠利は、笑顔でお礼を言うと、いそいそと愛用のピンクのエプロンを身につける。料理をするにはエプロンが必要だ。悠利の学生鞄は容量無制限の魔法鞄《マジックバッグ》なので、必要なものは全部詰めこんできたのだ。

「あちら側の作業場をお使いください。私はこちらで作業しますので」

「はい」

「食材も調味料も余分に置いてありますので、お好きに使用してくださって構いません」

「解りました」

それでは、と一礼して、ラソワールは自分の仕事に戻る。悠利達は大人数で押しかけているので、彼女もフル稼働で食事の支度をするのだ。

……この場合のフル稼働とは、分身を意味する。家憑き妖精としての力量の高い彼女は、己の支配領域内ならば、分身することが可能なのだ。

分身総出で食事の支度をするラソワールを凄《すご》いなーと眺めていた悠利だが、すぐにうきうきと食材置き場へと移動する。食材を見て何を作るか考えるところからが料理だ。そして、悠利はその時間も大好きだった。

肉も魚も野菜も、豊富に取りそろえられている。見たことがない食材も多々あった。その中で悠利が目を付けたのは、見慣れた食材であるもやしだった。

「これにしよーっと」

本格的な料理はラソワールが作ってくれるので、悠利が作る料理にボリュームはいらない。皆の箸休《はしやす》めとか、ちょっとつまむぐらいで十分だ。なので、あまりお腹が膨れる食材を選ぶのは良くないと思ったのだ。

使うのは、もやしと梅干しとポン酢のみ。さっぱりと、もやしの梅ポン酢和えだ。

ちなみに梅干しは、悠利がアジトから持ってきたものだ。つまりは、アリーの実家から送られてきた梅干しである。基本的には台所に置いているのだが、今回は少量を学生鞄《かばん》に入れて持ってきたのだ。こう、旅先に慣れた味を持っていくという感じで。

悠利が梅干しを使おうと決めたのには、理由がある。暑い季節にもさっぱり美味しく食べられるというのが一つだが、オルテスタが梅干しを好むと聞いたからだ。ジェイクが梅干しを好むのは知っていたのだが、師弟揃《そろ》って梅干し愛好家らしい。

せっかく料理を作るなら、お世話になっているお礼も兼ねてオルテスタに気に入ってもらえるような料理を作ろう。悠利が考えたのは、そういうことだった。

「まずはもやしを水洗い～」

もやしは大量の水でよく洗い、ヒゲや豆の皮、汚れていたり短いものを取り除く。少しばかり手間のかかる作業だが、ここをきちんとしておくと食感が良くなる。

悠利も普段ならば細かくヒゲ取りまではしないが、今日は久しぶりの料理かつ自分はあくまで添え物を作っているだけなので、ちまちまとヒゲを千切っている。普段やらないのは、そこまでやっていると時間が足りなくなるからだ。最優先事項は食事の時間までに全員分のご飯を作ることなので。

水洗いを終えたもやしは、鍋《なべ》でさっと茹《ゆ》でる。ちなみに、鍋の中のお湯は水洗いをしている間に沸かしておいたものだ。軽く火が通れば良いので、それほど長くは茹でない。茹で上がったらザルに上げて水を切っておく。

もやしの水切りと粗熱を取っている間に、調味料の準備だ。使うのは梅干しとポン酢だけだが、一工夫が必要になる。

「きちんと叩いておかないと、混ざらないんだよねぇ」

学生鞄から取りだした梅干しをまな板の上に並べて、種を取る。包丁の腹の部分で潰《つぶ》せば、種が剥《む》き出しになる。果肉をできるだけ削《そ》いだ種は、小皿に避《よ》けておく。後ほど、お湯割りにでもして使うつもりだ。捨てるには勿体《もったい》ないので。

せっせと梅干しから種を取り除く悠利。必要分の梅干しから種を外すことに成功したら、後は叩くだけだ。叩く、すなわち、刻む、である。

スーパーなどにはペースト状になった梅干しがチューブで売っていたりしたが、釘宮《くぎみや》家ではなるべく梅干しを叩いて使うようにしていた。確かに市販の梅ペーストは使いやすいのだが、味や香りという意味では梅干しを叩いた方が美味しかったのだ。

みじん切りにするように縦横斜めと包丁の向きを変えながら梅干しを叩く。単純な作業だが、大きな部分が残らないように丁寧に作業をしなければならない。地味に大変な作業だ。

梅干しを叩き終わったら、ボウルに入れる。そこにポン酢を少しずつ加えて、叩いた梅干しと混ぜていくのだ。味付けに使うのはこれだけなので、何度も味見を繰り返して丁度良い味に仕上げていく。

梅干しとポン酢なので酸っぱいのだが、梅干しだけより、ポン酢と混ぜた方が多少まろやかになっている。梅干しと醤油《しょうゆ》で味付けをすると濃くなりすぎるので、柑橘《かんきつ》系の風味が追加されるポン酢を選んだのだ。

「それは、何を作っていらっしゃるんですか？」

「うわっ⁉」

突然背後から聞こえた声に、悠利は思わず叫んだ。心臓がバクバクしている。驚いて振り返れば、申し訳なさそうな顔をしたラソワールがいた。

ちなみに、彼女がわざと気配を殺していたわけではない。単純に、悠利が気付かなかっただけだ。非戦闘員なので、そういう能力はちっとも成長していなかった。そんなもんである。

「驚かせてしまいましたか？　申し訳ありません。そちらは梅干しのようですが、何をお作りになっているのでしょうか？」

「あ、もやしの梅ポン酢和《あ》えを作ろうと思ってます。オルテスタさんも梅干しがお好きなようなので、箸休めにさっぱりしたものを、と」

「……なるほど。梅干しとポン酢ですか。マスターの好みそうな味です」

「本当ですか？」

「はい」

ラソワールに味付けの方向性が間違っていないことを教えられて、悠利《ゆうり》はぱぁっと顔を輝かせた。自分の考えだけでなく、普段オルテスタに食事を作っているラソワールの同意が得られたのだ。自信もつくというものだ。

良かったとにこにこ笑顔のまま、悠利はボウルに水気をよく切ったもやしを放り込んだ。梅ポン酢がしっかり絡むようによく混ぜる。梅干しやポン酢の塩分のせいで、もやしから水が出てくる可能性はあるが、よく水切りをしておけば多少はマシになる。

しっかりと混ぜ合わせれば完成だ。簡単だが、さっぱりとした味わいが心地好《よ》い一品である。

「味見をお願いできますか？」

「よろしいのですか？」

「はい、お願いします」

悠利に言われて、ラソワールは出来上がったばかりのもやしの梅ポン酢和えを一口食べた。さっと茹でただけのもやしはシャキシャキとした食感が残っており、そこに梅ポン酢のさっぱりとした味わいが追加される。酸味はあるが、もやしの水分とポン酢の柑橘類によってまろやかになり、食べやすく仕上がっている。

おかずとして食べるというよりは、箸休めなどにつまむ感じの仕上がりだ。もぐもぐと上品に食べ終えたラソワールは、心配そうに見ている悠利に向けて微笑《ほほえ》んだ。

「とても美味しく仕上がっています。きっと、マスターのお口に合いますわ」

「良かった……！」

ラソワールの評価に、悠利は顔を輝かせた。誰《だれ》かに喜んでもらえるご飯を作るのが、悠利の趣味でもあった。どうせなら、美味しいと喜んで食べてほしいので。

うきうきで作ったもやしの梅ポン酢和えを器に盛り付けていく悠利。分身総出で調理をしているラソワールは、そんな悠利の背中を見つめていた。そして、悠利の作業が一段落したところで、声をかける。

「あの、もしよろしければ、お願いがあるのですけれど」

「僕にですか？」

「はい」

ぱちくりと瞬きをする悠利に、ラソワールはふわりと微笑んだ。優しい微笑みを浮かべた彼女の口から出た「お願い」に、悠利は少し驚いて、けれど笑顔で了承するのだった。

さて、食事の時間だ。一日しっかりと修業や自由行動を終えた一同は、空腹を抱えながら食堂へとやってきた。

テーブルの上にはラソワールお手製の料理が美しく並んでいる。一人一人席に案内して飲み物を聞くラソワール（分身含む）の姿に混ざって、同じようなことをしている悠利の姿があった。《真紅の山猫《スカーレット・リンクス》》の面々には見慣れた悠利の姿だったが、それを見て、オルテスタとジェイクが悲鳴じみた声を上げた。

「ユーリくんが手伝ってる⁉」

「ラスが手伝いを許しておるじゃと⁉」

師弟が受けた衝撃の理由は、外部の面々には解《わか》らない。何故《なぜ》なら、彼らはラソワールがどれほど家事に情熱を傾けているかを知らないからだ。彼女が己の領域に踏み込まれるとブリザードを撒《ま》き散《ち》らすことを知っているのは、オルテスタとジェイク、そして悠利だけだ。

なので、二人の衝撃を理解している悠利が、歩み寄ってきて事情を説明した。

「息抜きに料理がしたいとお願いしたら、認めてもらえたみたいなんです」

「……流石《さすが》、ユーリくんですねぇ」

「ジェイク、どういうことじゃ」

「いえ、彼、物凄《ものすご》く家事が得意でして。あと、家事が純粋に大好きなんですよね。だからじゃないかと思うんですけど」

「……ラスが手伝いを許すほどの腕とは……」

物凄く感心しているオルテスタに、悠利は照れたようにえへへと笑った。ジェイクは悠利の家事の腕前を知っているので、あのレベルならラソワールが認めるのかと一人で納得していた。……そういう反応をされる辺り、ラソワールが今まで自分の仕事に関《かか》わろうとした相手にどんな対応をしてきたのかがよく解る。

天変地異の前触れかみたいな扱いをしているオルテスタを放置して、ジェイクは悠利に問いかける。彼にとっては聞き逃せない一言があったのだ。

「ところでユーリくん、何を作ったんですか？」

「あ、このもやしの梅ポン酢和えです。オルテスタさんの好みの味付けだろうってラソワールさんにも太鼓判もらいました！」

「梅ポン酢和えですかー、それは美味《おい》しそうですね。多分、アリーも好みですよ」

「そうですね」

和気藹々《わきあいあい》と話す悠利とジェイク。自分の名前が出たので視線を向けてきたオルテスタに、悠利はテーブルの上の小鉢に入ったもやしの梅ポン酢和えを示した。白いもやしを彩る赤い梅干しが綺麗《きれい》な一品だ。なるほどと言いたげに頷《うなず》くオルテスタだった。

ジェイクに説明したように、これは梅ポン酢和えである。《真紅の山猫》の面々は、そこまで梅干しに欲求はない。味付けに使うぐらいなら食べるが、物凄く好んでいるわけではない。そういうのは、ジェイクとアリーだけだ。

なので、小鉢が置かれているのも、オルテスタ、ジェイク、アリー、そして悠利だけだった。おかずが一品多いことに気づいた皆の中から、代表するようにレレイが声を上げた。

「ユーリのところに置いてある小鉢、それなぁに？」

「もやしの梅ポン酢和え」

「梅ポン酢和え……。もやし……」

「梅干し好き以外には用意してないんだけど、ダメだった……？」

仲間達《たち》の視線を受けた悠利は、困ったように首を傾《かし》げた。あくまでも添え物のおかずを作っただけなので、皆がそこまで食いつくとは思わなかったのだ。

ただ、やはり梅ポン酢和えということで、皆はそこまでがっつかなかった。それなら良いやとさらっと流している。

「じゃあ、またユーリが何か作ったら、そのときは食べたいな！」

「はいはい。今度はレレイ達も好きな味付けのを作ります」

「やったー！」

わーいと元気よく喜ぶレレイに、皆も思わず笑顔になる。彼女の素直な感情表現は、皆の笑みを引き出す力を持っていた。……まぁ、やりすぎて怒られることもあるのだけれど。

そんなこんなで食事が始まって、悠利もラソワールに給仕される側に回る。用意された食事は肉も野菜もふんだんに使ってあって、食べ盛りの胃袋を満足させてくれる。今日は腹持ちが良いようにと白米が用意されているので、悠利としても梅ポン酢和えを作って良かったと思う。流石に、パンとはちょっと合わない気がするのだ。

口に入れたもやしの梅ポン酢和えは、時間がたったことでより味が馴染《なじ》んでいた。けれど、もやしのシャキシャキ感は失われていない。シンプルな梅干しの酸っぱさと、ポン酢の味わいと、もやしの食感と水分が見事に調和している。暑い季節でも美味しく仕上がっている。

自分好みには仕上がっているが、他《ほか》の面々はどうだろうと視線を向ける悠利。黙々と食事を続けているアリーは、悠利の視線に気づくと小鉢を少し持ち上げて内側を見せてきた。綺麗に食べ終わっている。美味《うま》かったというように軽く頭を下げるアリーに、悠利も会釈を返しておいた。

ジェイクは味わうように食べている。口の中にじゅわりと広がるもやしの水分を楽しんでいるらしい。元々小食なところのあるジェイクだが、梅干しは元々好んでいるので口に合ったようだ。美味しいですねぇとのんびりと笑っている。

肝心のオルテスタはどうなのかと気になった悠利の視界に映ったのは、美しい顔立ちにゆったりとした笑みを浮かべて小鉢の中身を食べているオルテスタの姿だった。幻想的なまでに美しい笑みである。森の民は元々線の細い美貌《びぼう》の持ち主が多いので、羽根人と同じく美形が多い。オルテスタもその例に漏れなかった。

「美味しいな」

「あ……」

「ありがとう」

「お口に合って良かったです」

花開くような笑みで告げられて、悠利も満面の笑みで応《こた》えた。……なお、悠利の周囲の何人かが、オルテスタの微笑みに被弾していた。中身が、物凄《ものすご》く年上だと解っていても、見た目十代の麗しい美少年なので。

衝撃を受けている一同を見ながら、ジェイクが暢気《のんき》な口調で隣のアリーに言葉をかけた。

「師匠、顔面だけで世界征服出来そうだなって思うの、僕だけですかねぇ？」

「お前は自分の師匠を何だと思ってるんだ」

「いやだって、師匠はあの顔で支援者募るの得意なんですもん」

僕には出来ない芸当ですねぇと嘯《うそぶ》くジェイクに、アリーは面倒くさそうにため息を吐《つ》いた。自分を理解して強《したた》かに生きているオルテスタと、そんな師匠を理解しつつのんびりと生きているジェイク。歯に衣着せない物言いをしつつも、この師弟が仲が良いのはよく解っていた。解っていたので、面倒だから余計なことは言わないのであった。

その後、ラソワールと共に嬉々《きき》として後片付けをする悠利の姿に、オルテスタとジェイクが再び驚くのだった。家憑《つ》き妖精《ようせい》・シルキーさんと、仲良くなりました！

# 閑話二　たっぷりレタスのレタスしゃぶしゃぶ

どっさりと目の前に積み上がったレタスを見て、悠利は少しばかり考えた。レタスは美味しいし便利な野菜だ。サラダにも使えるし、肉や魚料理に添えても美味しい。

しかし、それでは大量に食べることは出来ない。生野菜なので、そのまま食べるとどうしても嵩《かさ》がある。それだけでなく、肉食さんが多い《真紅の山猫》の面々は、そこまでガツガツ野菜を食べないのだ。

勿論《もちろん》、出された料理に文句を言う者はいない。美味しいと言って食べてくれる。しかし、それはそれとして、この大量のレタスをどうすれば皆に食べて貰《もら》えるのかと頭を捻《ひね》っているのだ。

「何か妙案はありますか？」

「うーん、生のままだとそこまで食べないだろうから、火を入れるのが良いと思うんですけどー」

何にしましょうか、と悠利はうんうんと唸《うな》る。彼の隣で、ラソワールも困ったように頭を捻っている。

別に、目の前のレタスを早急に食べなければいけないわけでは、ない。悠利とラソワールが悩んでいるのは、皆に野菜をきちんと食べてもらうにはどうすれば良いだろうか、という部分なのだ。メインディッシュは嬉々として食べてくれるので、是非とも野菜でもそうしてほしい気分なのだ。

ラソワールが困っているのには、理由がある。彼女の主《あるじ》であるオルテスタは、どちらかというと野菜が好きなのだ。肉も魚も気にせず食べるが、野菜や果物を好む節がある。味付けもあっさりとしたものが好きで、ヘルシー系の料理でも喜んで食べてくれる。自然と、ラソワールの料理のレパートリーもそっち方面が強くなるのだ。

だがしかし、《真紅の山猫》の面々はそうはいかない。一部の小食メンバー以外は、お肉大好き、味の濃い料理が大好きな、食べ盛り育ち盛りの若者達だ。味の薄い料理や、生野菜にはそこまで食いつかないのである。

とはいえ、火を入れて炒《いた》めたとしても、レタスばかりを喜んで食べてくれるとは思えない。何か良い案はないかと考え込む悠利《ゆうり》とラソワール。そんな中、悠利はハッと一つの料理を思いついた。

「しゃぶしゃぶなんてどうでしょうか？」

「しゃぶしゃぶ？」

それは何ですか？　と首を傾げるラソワール。この辺りではしゃぶしゃぶは食べないんだろうかと思いつつ、悠利は説明をする。

「鍋《なべ》に味を付けたスープを作って、そこにレタスをくぐらせて食べるんです」

「それは、普通にスープにするのとは違うのでしょうか？」

「普通にスープにすると、レタスがくたくたになっちゃいますよね？　でも、しゃぶしゃぶは食べるときに自分好みの茹《ゆ》で加減に出来ますし、スープの味を薄味にしておけば、各自で好きな味にも出来ると思うんです」

「そういう料理があるのですね」

「はい、僕の故郷では」

感心したようなラソワールに、悠利はこくりと頷いた。レタスをしゃぶしゃぶにしてしまえば、大量に食べることは可能だろう。ついでに、キノコでも入れておけば旨味《うまみ》もばっちり出るはずだ。問題は、それをするためにはテーブルに鍋を置かねばならないということだ。卓上コンロが必要である。

「ラソワールさん、卓上コンロみたいなのってあります？」

「卓上コンロではありませんが、持ち運びの出来る物を温める板はあります」

「板？」

「はい、少々お待ちください」

現物を見た方が早いだろうと、ラソワールが何かを探しに行く。卓上コンロに近い性能で、板と呼ばれる何か。何だろうそれと悠利は首を傾げている。

少しして、ラソワールは鍋一つが載るぐらいの正方形の板っぽい何かを持ってきた。板っぽいというのは、操作ボタンが付いているからだ。

「……ラソワールさん、そちらは」

「人工遺物《アーティファクト》を改良したもので、温熱板と呼んでおります。火は出ませんが、焼き物ぐらいならば出来ます」

「……わぁ」

作業台の上に置かれたその板っぽい何か改め温熱板を見て、悠利は遠い目をした。材質は全然違うだろうし、構造がどうなっているのかも解《わか》らない。しかしそれは、悠利の知っているある物に良く似ていた。

「……どう見てもＩＨ調理器だ……」

そう、悠利の記憶にあるＩＨ調理器にとてもとても似ていた。火が直接出ないけれど、その上に置いた物を温めることが出来るという構造。見た目も何となくＩＨ調理器っぽい。色んな物があるなぁと思う悠利だった。

とはいえ、卓上コンロよりもこちらの方がしゃぶしゃぶには向いている。卓上コンロの場合、火が出る部分を確保するために背丈がある。その上に鍋を載せると、テーブルの上で鍋が高くなってしまうのだ。その点、この温熱板ならば低いので鍋に届きやすい。

「それじゃあ、これをテーブルに置いて、各自でしゃぶしゃぶにしてもらいましょう」

「それでは、温熱板と個別の鍋の準備はさせていただきます」

「はい。僕は大鍋でスープの準備をしますね」

「よろしくお願いします」

お互いに家事が出来る者同士、作業の分担は実にスムーズに行われた。道具の在《あ》り処《か》は悠利には解らないので、ラソワールに丸投げだ。同時に、ラソワールはレタスしゃぶしゃぶの作り方を知らないので、そちらの担当は悠利になる。

他の料理はラソワールが担当してくれるので、悠利は気兼ねなく目の前のレタスしゃぶしゃぶと向き合うことが出来るのだった。

まず、大鍋にお湯を沸かしてスープを作る。テーブルに置く鍋はあまり大きくすると邪魔になるので、スープが無くなったら大鍋から追加する方式に決めた。そもそも、温熱板がそこまで大きくないので、大きな鍋は載せられないのだ。

「キノコたっぷりにしたら、レタスと一緒に食べれるし良《い》いかなー」

鼻歌を歌いながらキノコを準備する悠利。肉厚のシイタケは石突きを取り除いて食べやすい大きさにスライスする。石突きは入れずに、汚れた部分を取っておく。これは後で焼いて醤油《しょうゆ》をかけて食べるつもりだ。無駄にはしない。

シメジは根っこを落としてバラバラに解《ほぐ》す。ストンと根元の汚れた部分を落としてしまえばバラバラになるので、実に楽ちんなキノコだ。エノキも同じく根元を落とし、こちらは半分に切っておく。その方が食べやすいだろうと思ったからだ。

旨味がとてもよく出るマイタケは、入れるとスープの色が変わってしまうので諦《あきら》めた。マイタケは味はとても美味《おい》しいが、スープに入れると黒ずんでしまうのだ。具だくさんスープならまだしも、レタスしゃぶしゃぶのためスープは明るい色の方が好ましいと思ったので、本日は断念した次第である。

美味しいが最優先であるが、それでもやはり見た目は大事だ。特に色合いは、食欲に大きな影響を与えるので、悠利もちょこちょこ考える。炒め物などならばマイタケは大活躍なのだが、スープ類に使うときはちょっと考えるのだ。

お湯が沸いたら、スープの味付けだ。鶏《とり》ガラの顆粒出汁《かりゅうだし》、塩、酒、醤油を加えて味を調える。あまり濃くは仕上げない。あくまでもスープの体裁は崩さない。ほどほどに味を調えたら、そこにキノコを全部入れる。後はキノコが煮えてからもう一度確認だ。

「さて、次はレタスだね」

スープがあらかた出来上がったので、後はメインのレタスの準備に取りかかる。今回は丸ごと使うので、まずは芯《しん》を抜く。レタスをひっくり返し、ぎゅっと掌《てのひら》で芯の部分に体重をかけて押し込む。一度くしゃっとなったら、芯の周囲に指を入れてねじるようにして芯を引っこ抜く。

ここまですれば、後はバラバラにして水洗いをし、食べやすい大きさに千切って水切りをしておけば良い。作業自体は簡単だ。……ただ、数が物凄く多いだけで。

「よし、頑張るぞー」

ごろごろと転がるレタスの山を見て、悠利は気合いを入れた。しゃぶしゃぶにすれば、きっとこれも皆が平らげてくれるはずだと信じて。

黙々と、文句も言わずにせっせとレタスを千切る悠利。もともとこういう作業が嫌いではないので、当人の表情は普通だった。ボウルの中でこんもりと山になるレタスだけが、悠利の頑張りを見ていた。

そんなこんなで大量のレタスとの格闘を終えた悠利は、ほどよく火が通ったらしいスープの確認をする。キノコは良い感じに火が通り、ふわりと香りが漂ってくる。味見をしてみれば、最初に加えた調味料にキノコの旨味が加わって実に美味しい。

「それじゃ、最後に仕上げのごま油～」

くるりとごま油を回し入れ、よく混ぜてから味を確認する。ごま油を入れることで風味がぐっと増し、食欲をそそる匂いが鼻腔《びこう》をくすぐった。これで完成だ。

スープの味付けが完了したので、味見のためにレタスを数枚鍋へと入れる。レタスは熱が入るとすぐにくしゃっとなってしまうので、あまりくたくたにならないうちに引き上げる。パリパリだったレタスは、ぺらんとなっていた。

小皿にレタスを入れると、ぱくんと口へと運ぶ。スープが絡んで味はついているが、レタスの瑞々《みずみず》しさが失われていないのでさっぱりと美味しい。これならば何枚でも食べられそうだった。

「ラソワールさん、味見をお願いしても良いですか？」

「承知しました」

今日も分身総出で作業しているラソワールに声をかければ、そのうちの手が空いたらしい一人がやってくる。この分身がどういう仕組みなのか悠利には解らないが、感覚や記憶などは全て共有されているらしい。実に便利な能力だった。ちょっと羨《うらや》ましい悠利だ。

悠利に小皿を差し出されたラソワールは、上品な所作でレタスを口に運ぶ。生の状態から考えれば半分ぐらいにぺしゃんとなってしまったレタスだ。ごま油の風味が利いたスープの旨味と絡んで、じゅわりと口の中に美味しさが広がる。

「とても美味しいですね」

「良かった。それじゃあ、テーブルに持っていく鍋にスープを移しておきますね」

「よろしくお願いします」

「はい」

ラソワールの太鼓判を貰った悠利は、うきうきと作業に取りかかる。珍しい料理に、皆がどんな反応をするだろうかと思いながら。喜んでくれると良いなぁと、いつもの笑顔で考えるのだった。


そして、昼食の時間。悠利が提案したレタスしゃぶしゃぶは、大盛況だった。

「……わー、予想以上の食いつきー」

「私は、追加のレタスを準備して参ります」

「よろしくお願いしますー。あ、スープってまだ足りますか？」

「足りないようでしたら、そちらも追加しておきます」

「お手数おかけします……」

遠い目をする悠利に、ラソワールは優雅な仕草で一礼をして厨房《ちゅうぼう》へと去って行った。レタスの在庫がまだあって良かったと思う悠利だ。

……そう、レタスしゃぶしゃぶは、仲間達《たち》に思った以上に受けてしまったのだ。何でそこまで受けたの⁉　と悠利が思うほどに、全員が美味しい美味しいと食べているのだ。

それは嬉《うれ》しいことだ。野菜も喜んで食べてくれるのは、とてもありがたい。ありがたいのだが、まさかあれほど大量に用意したレタスが足りなくなるなんて、悠利もラソワールも思わなかったのだ。サラダだったら絶対に食べない分量である。

特に、小食組の食いつき方が凄《すご》かった。

「ただレタスに火を通しただけでなく、スープで味を付けるというのは本当に美味しいですね」

「お口に合って何よりです」

「とても美味しいですよ、ユーリ」

にこにこと微笑《ほほえ》みながら、常の食事量の倍ぐらいレタスを食べている気がするのは、ティファーナだ。美貌《びぼう》のお姉様は、元々お野菜がお好きだ。だからこそなのか、レタスしゃぶしゃぶの美味しさに目覚めたらしい。

いや、確かに美味しいのだ。キノコの旨味がぎゅっと詰まったスープは、ごま油を入れたことで味だけでなく香りでも食欲をそそる。自分好みの茹で加減でレタスを食べるという珍しい状況もそれに拍車をかける。

それに、スープの中に潜《くぐ》らせたレタスには、器に取るときにスープと一緒にごま油も絡んでいる。それがまた、味の決め手となって口の中で広がるのだ。シャキシャキした食感に、温かなスープの旨味。そして鼻から抜けるごま油の風味。完璧《かんぺき》な調和だった。

「お野菜をこんな風に食べる方法があるなんて思いませんでしたわ」

「レタスに限ったことじゃないんだけどね。他《ほか》の葉野菜でも出来るよ。小松菜とかも美味しいと思う」

「まぁ、素敵ですわ」

ふんわりと微笑むイレイシア。元来小食な人魚の少女だが、レタスしゃぶしゃぶは気に入ったらしい。上品に、ゆっくりとであるが、確実にいつもより食べていた。良いことだ。

「ちょっとレレイ！　一人で食べ尽くそうとしないでよ！　私の‼」

「あ、ごめん。まとめて取っちゃった」

「私が入れてた分なのにー！」

「お前ら、余所《よそ》に来てまで喧嘩《けんか》すんなよ……」

「だってクーレ、レレイが私の分まで取っちゃったのよ！」

「ごめんってばー。ほら、新しいのあげるからー」

「もう、気を付けてよね」

「はーい」

耳に飛び込んできたのは、ヘルミーネとレレイとクーレッシュの会話だった。割といつも通りの三人だったので、悠利《ゆうり》達はスルーした。どこでも彼女達は元気だ。クーレッシュがきっと頑張ってくれることだろう。

皆がここまで喜んでくれるなら、レタスしゃぶしゃぶを提案して良かったなぁと思う悠利。レタス以外の野菜でも美味しく食べられるので、アジトでやってみても良いなぁと思った。

思ったが、しゃぶしゃぶは夏場に食べると暑さで大変なことになるので、少し涼しくなってからにしようかな、とも思った。この別荘は人工遺物のおかげで快適に保たれているのでこんなメニューが可能なのだ。

「レタスや小松菜の他には、どんなものが向いているんですか？」

「向いているというか、好みの問題じゃないかなぁと思う」

「それでは、ユーリはどんなものをしゃぶしゃぶにして食べていたんですか？」

「僕？　僕はねー」

イレイシアに問われて、悠利は家で食べていた野菜のしゃぶしゃぶを思い出す。基本的にはレタスだった。たまに小松菜でも食べている。レタスはシャキシャキして美味しいが、小松菜はほんのり甘いのと葉と茎の食感の違いが楽しかった。

他に何かあっただろうかと考えて、とても美味しかったものを悠利は思い出した。

「ワカメも食べてたよ」

「ワカメですか？」

「うん、食べやすい大きさに切ってね。生ワカメを入れると、一瞬で緑に染まって綺麗《きれい》だったなぁ。勿論《もちろん》、美味しかったよ」

「確かに、ワカメもこの味付けに合いそうですわね」

人魚のイレイシアにとって、ワカメはとても馴染《なじ》みのある食材だ。美味しそうですねと微笑む姿は実に愛らしい。悠利も釣られて笑顔になる。

そんな二人の姿を優しく見守っていたティファーナの顔が、驚愕《きょうがく》に見開かれる。綺麗なお姉さんの顔が驚きに染まって、悠利もイレイシアも首を傾《かし》げる。何があったのかを問いかけようとした瞬間、声が、聞こえた。

「……出汁《だし》」

「うわぁ⁉」

「きゃあ⁉」

ぼそりと耳元で聞こえたマグの声に、悠利とイレイシアは飛び上がらんばかりに驚いた。声をかけられるまで気配が微塵《みじん》もなかったのだ。いきなりすぎて驚いても仕方ない。

「……マグ、気配を殺していきなり背後から耳元で囁《ささや》くのは、止《や》めた方が良いですよ」

「……？」

「特に、二人のように気配を察知するのが苦手な人は、驚きますからね」

「諾。……謝罪」

ティファーナに諭されたマグは、納得したのか二人に向けてぺこりと頭を下げた。素直は素直なのである。目上の人の言葉には素直に従うし、理に適《かな》っていると判断したら言うことはちゃんと聞くのがマグだ。

謝ったマグは、もう一度口を開いた。自分の希望を伝えるために。

「出汁」

「……ごめん、マグ。僕、ウルグスじゃないから、それだけじゃ解《わか》らないよ……」

「ワカメ、出汁」

「うん？」

「ワカメ」

真顔で淡々とワカメと何度も繰り返すマグ。一体何が彼の感性に引っかかったのか、悠利にはさっぱり解らない。

解らなかったので、悠利は通訳を呼ぶことにした。解らないのだから仕方ない。

「ウルグスー、マグが何を言いたいのか解らないから説明してー」

「あ？　またかよ……」

飯食ってんのにとぶつぶつぼやきながらも、ウルグスは席を立ってこちらにやって来てくれる。何だかんだで優しい少年だ。

マグと顔を突き合わせて二言三言会話をしたウルグスは、この致命的に言葉の足りない少年が言いたいことを正しく理解したらしい。面倒くさそうな顔で、悠利に通訳してくれる。

「ワカメは出汁が出て滅茶苦茶美味《めちゃくちゃうま》いから、スープもっと美味《おい》しくなるだろうし食べたいって」

「へ？」

「ワカメでしゃぶしゃぶ出来るって言ったんだろ？　それが聞こえたから、食べたくなったんだと。また今度作ってやってくれ」

「……ま、待って……」

「あん？」

俺はちゃんと説明したぞと言いたげなウルグスに、悠利は顔を引きつらせた。ワカメしゃぶしゃぶが食べたいのは別に良《い》い。準備出来るときがあったら用意しようと思う。問題はそこではない。

マグと悠利達の席は、離れているのだ。給仕はラソワールが完璧にしてくれるので、席を立つ必要すらない。つまり、悠利がイレイシアとワカメしゃぶしゃぶについて語っていたとき、マグは席に着いていたはずだ。

「……マグ、聞こえてたの……？」

「諾」

「この距離で、他の人も普通の声で会話してたのに、聞こえてたの⁉」

「出汁」

「美味しそうな出汁の話題が出たから聞こえたってよ」

「どんな地獄耳……」

がっくりと肩を落とす悠利に、マグは不思議そうに首を傾げている。事情を把握したウルグスは、面倒くさそうにマグを見ていた。出汁の信者、恐るべし。魅力的な出汁の話題は、自然と耳に入ってくるらしい。

そんな少年達の姿を、ティファーナは楽しげに笑って見ていた。マグが相変わらずなのも、ウルグスが通訳なのも、悠利が驚いているのも、見慣れたいつもの光景だったので。今日も微笑ましい食事風景だった。

結局、ラソワールが追加で用意したレタスとスープも、レタスしゃぶしゃぶの美味しさに目覚めた皆にきっちり食べ尽くされるのでした。野菜を食べるのは良いことです。

# 第三章　思いがけない再会です

玄関の周りを特に念入りに磨いている美女メイドの姿がある。常に屋敷を綺麗に保つことに余念のない彼女であるが、今日は更に気合いが入っているように見えた。

「ラスさん、何してるんですか？」

「お出迎えの準備です」

「お出迎え？」

首を傾げる悠利に、美貌の家憑《つ》き妖精《ようせい》・シルキーのラソワールは優雅な仕草で一礼して答える。家を守護するものとして、家人の世話とお客様のおもてなしに全力を尽くす彼女の一面が垣間見えた。

数日の滞在で彼女に実力を認められた悠利は、愛称のラスで呼ぶことを許されていた。彼女は己の仕事に誇りを持っているが、それゆえに家事能力に優れ、真摯《しんし》に家事に向き合う悠利のことを認めたのだ。

……ちなみに、基本的に家人以外が愛称で呼ぶのを彼女は許さない。現時点で彼女を愛称で呼べるのは、家主であるオルテスタと、以前ここで生活していて庇護《ひご》対象として見られているジェイクと、新たに許可を貰《もら》った悠利だけだ。

それはさておき、彼女がお出迎えと告げた理由が悠利には解らない。オルテスタの別荘に招待されているのは自分達《たち》だけだと思ったのだが、違うのだろうかと不思議に思う。考えても解らなかったので、悠利は正直に問いかけた。

「他にもお客様が来るんですか？」

「はい。今日と明日、お泊まりになります。皆さんより後から来て、先に帰る形になりますね」

「どんな人が来るんですか？」

「マスターが時折講義をしている相手と伺っております」

「オルテスタさんの教え子さんですか？」

「教え子というのとも、また違うような気がいたします」

「はい？」

講義をしているというのなら、オルテスタが何かを教えている相手ということになる。それならば教え子だと思ったのだが、ラソワールの考えは違った。

よく解っていない悠利に、彼女は解りやすく説明をしてくれた。

「本格的に学問を学んでいる方というわけではないようです。貴人であり、マスターはむしろ話し相手を務めておられるとか」

「……あぁ、つまり、研究所で本格的に教わっている方々に比べると、勉学の側面が薄いということですか？」

「そのように、私は思っております」

「なるほどー」

ラソワールの説明に悠利はとりあえずは納得した。家庭教師みたいなものかと思ったが、どうやらそこまで頻繁に講義をしているわけでもなさそうだった。見聞を広げる相手という感じなのかもしれない。

それはさておき、ラソワールの気合いの入りようがどうしてか解ったので、悠利が口にする言葉は一つだけだった。

「何かお手伝い出来ることはありますか？」

「客人であるユーリ様の手を煩わせるわけにはいきません」

「手持ち無沙汰《ぶさた》なので、何かさせてもらえると助かるんですけど……」

じーっと見つめてくる悠利を、ラソワールは静かな表情で見ている。整った顔立ちのお姉さんが無表情になると、奇妙な威圧感があった。しかし、悠利はめげずにじっと彼女を見ている。

しばらくして、折れたのはラソワールの方だった。

「そのように言われては私が断れないのを、解っておられますでしょうに」

「え、えへ……」

「それでは玄関先を掃除しますので、お手伝いをお願いします」

「はい！」

とても元気な返事をして、悠利はラソワールと共に玄関の外へ出た。屋外なので、掃除をしてもどうしても汚れてしまう。具体的には、葉っぱとか石とかが転がっているのだ。

渡された箒《ほうき》を手に、玄関前の真っ白な石の周囲を綺麗にする悠利《ゆうり》。ラソワールは玄関扉や屋根などにも気を配っていた。分身とか、跳躍力が凄《すご》かったりするが、この数日でもう慣れた悠利だった。彼の適応力は高いのだ。

二人でせっせと掃除をしていると、不意にラソワールが動きを止めた。そして、目にもとまらぬ早業で悠利から箒を取り上げると、分身の一人が掃除道具を抱えてどこかへ走っていった。どうやら片付けに行ったらしい。

「ラスさん？」

「お客様のお越しです」

「へ？」

まだ誰《だれ》の声もしないのに、と悠利が驚いていると、視線の先で転移門がある小屋の扉が開いた。ラソワールはシルキーとしての鋭敏な感覚で、悠利よりも一足先にそれに気付いていたらしい。お見事である。

小屋から出てきたのは、荷物を持った従者らしき青年が一人と、少年が一人だった。荷物持ちがいるなんて、やっぱり身分の高い人なんだなぁとひっそりと感心する悠利。

その目が、少年が近付いてくるにつれて、大きく見開かれた。

「……ぁ、れ……？」

呆気《あっけ》にとられている悠利の前で、ラソワールは優雅な仕草で一礼し、少年と荷物持ちの青年を出迎えた。

「ようこそお越しくださいました、フレッド様。お待ち申し上げておりました。私はこの別荘の管理を任されております、家憑き妖精・シルキーのラソワールと申します」

「初めまして、ラソワールさん。お話は導師から伺っております。お世話になりますね」

「はい。どうぞゆるりとお過ごしください」

穏やかに会話が進み、ラソワールが二人を建物の中へと案内しようとする。そこで、悠利と少年の目が、ぱちりとあった。

「……え？」

「……や、やっぱり……」

「ユーリくん⁉」

「フレッドくんだ！」

「どうして君がここにいるんですか⁉」

「それは僕の台詞《せりふ》だよー！」

驚愕《きょうがく》に叫びながらも、悠利とフレッドは駆け寄って互いの姿を確かめる。……そう、転移門を通って現れた少年は、悠利達と建国祭を一緒に回ったお友達のフレッドくんだったのだ。

もう二度と、会うことはないと思っていた。フレッドの世界と悠利の世界は重ならないし、ただの友達として互いを認識した彼らが、どこかで会うことはありえなかったのだ。フレッドがどこの誰かを悠利達が知らないフリをすることで成立した、つかの間の時間だったのだから。

けれど、何の因果か今、フレッドはここにいる。それも、ただのフレッドとして、だ。ラソワー

ルの対応から、フレッドがただの少年として気軽に足を運んだ感じがしている。

「僕はオルテスタさんに避暑に誘われて、皆と遊びに来てるんだよ。フレッドくんは？」

「僕も導師に誘われたんです。家に閉じこもってばかりでは退屈だろう、と。……まさか、ユーリくんがいるとは思いませんでしたけど」

「うーん、何で僕らと予定を合わせたんだろう、オルテスタさん？」

はて？　と首を傾《かし》げる悠利。フレッドも同じように首を傾げている。少年二人で考えても、結局答えは出なかった。海千山千の導師様のお考えは、お子様にはちょっと解《わか》らないのだ。

何でだろう？　と揃《そろ》って不思議がっている少年二人。微笑《ほほえ》ましい彼らの姿に和みつつ、ラソワールは口を開いた。

「お二人が知り合いとは思いませんでしたが、立ち話というのも何でしょう。どうぞ、中へ」

「あ、そうですよね。フレッドくんの荷物も運ばなくちゃ」

「お邪魔します」

入って入って、と悠利がフレッドの手を引いて別荘の中へと入る。育ちの良いフレッドは、オルテスタの豪華な別荘には別に驚かなかった。それよりも、悠利がいること、彼の説明から、《真紅の山猫《スカーレット・リンクス》》の面々がいるらしいことを察して、そちらの方に驚いている。

聞きたいことが色々とあるのだろう。うずうずとした感じのフレッドに、悠利は何から説明するべきかと考え込む。……なお、そんな少年達の背後では、荷物持ちの青年がラソワールに言われてフレッドの部屋へと荷物を運んでいた。お仕事の出来る大人達である。

「さっき皆と言っていましたけど、他《ほか》には誰が来ているんですか？」

「えーっとね、ブルックさんとヤクモさん以外、全員」

「え？」

「だから、留守番にブルックさんとヤクモさんを残して、《真紅の山猫》の全員が来てるんだよ」

「……随分と、大所帯ですね」

「そうなんだよねぇ。でも、その人数でもお泊まり出来ちゃうし、ラスさんが一人で対応しちゃうから、凄く快適だよ」

驚いたような顔をするフレッドに、悠利はにこにこと説明をする。実際、家憑き妖精であるラソワールは領域内ならば分身が出来るし、家事の能力が高すぎるほど高いので、おもてなしを完璧《かんぺき》に成し遂げているのだ。とても一人でやっているとは思えない。

そんな風にのんびりと会話をしていると、荷物を部屋に運び終えたらしい青年がフレッドの前に立っていた。

「フレッド様」

「あぁ、荷物を運んでくれましたか。ありがとう」

「いいえ。それでは、お帰りの際にお迎えに上がります」

「うん、よろしく」

「はい。失礼いたします」

フレッドと青年の会話を、悠利は大人しく聞いていた。その表情がちょっとうきうきしていたのは、仕方ないだろう。「わー、上流階級っぽーい」などという感想を抱いてしまうぐらいには、フレッドの姿が偉い人だったのだ。未知との遭遇で面白がっている悠利だった。

去っていく青年を見送った後、悠利はちょっと気になったのでフレッドに聞いてみた。

「今回は誰も側《そば》にいなくて良《い》いの？」

「本当は、誰かがいないとダメなんですけどね」

「だよねぇ？」

建国祭のあの日も、護衛らしき青年と侍女らしき女性が側にいた。フレッドの立場を考えれば、たった一人でどこかに行くのは許されるわけがない。

けれど、今、荷物持ちをしていた従者らしき青年は帰っていった。帰還するときにまた荷物持ちに来るのだろう。つまりは、ここに宿泊している間、フレッドは一人だ。かなりのイレギュラーだった。

しかし、それにもきちんと理由はあった。フレッドは困ったように笑いながら、悠利に説明をしてくれる。

「導師が、周囲を説得してくださったんです。この別荘には導師が許可した方しかいないので、安全だ、と」

「なるほど。確かに、あの転移門を通らないと来られないもんね」

「はい。……なので、導師とゆっくり過ごすのだと思っていたところにユーリくんがいて、物凄く驚きました」

「僕も、僕ら以外にお客さんがいるとは思ってなかったし、それがフレッドくんだったから、とっても驚いてる」

顔を見合わせてうんうんと頷《うなず》く悠利とフレッド。ほんわかした雰囲気がどこか似ている二人は、同じ仕草をした自分達に気付いて思わず笑った。久しぶりの友達との再会は、とても嬉《うれ》しかったので。

そんな風に雑談をしていた二人の下へ、影が一つ飛び込んだ。まん丸い小さな影は、飛び込んできた勢いのままフレッドにくっついた。

「キュピー！」

「うわ⁉」

「ルーちゃん⁉　いきなりどうしたの！」

「キュピ、キュイ！　キュキュー？」

「ルーちゃん、本当にどうしたの？　フレッドくんが驚いてるでしょ」

フレッドの足にくっついたまま、ルークスはにゅるんと身体《からだ》の一部を伸ばして、ぺたぺたとフレッドに触っている。何かを一生懸命言っているのだが、悠利にもフレッドにもその言葉は解らない。

困り果てた彼らの耳に、落ち着いた子供の声が滑り込んだ。アロールだ。

「怪我《けが》はしていないのか、危ない目にはあっていないのか、元気にしていたのか、そんな感じのことを言ってるよ」

「アロール」

「こんにちは。滞在者が増えるんだって？　ラソワールさんが皆に説明してたよ」

「通訳ありがとう。僕の友達のフレッドくんだよ」

「初めまして、フレッドです」

「初めまして、僕は魔物使いのアロール。短い間だろうけれど、よろしく」

鮮やかにルークスの言葉を通訳してのけた十歳児は、初対面のフレッド相手にそつなく挨拶《あいさつ》を交わす。よろしくお願いしますと微笑《ほほえ》むフレッドに、軽く会釈をするだけに留めるアロール。

それを見て、悠利には解った。

人付き合いがあまり得意ではないアロールは今、持ち前の処世術で当たり障りのない距離を維持しようとしている、と。とはいえ、そこを突いてしまうのは可哀想《かわいそう》なので、大人しく黙っておいた。別に排除しようとしているわけでもないので。

それより重要なのは、アロールが通訳してくれたルークスの言葉だ。うるうると大きな瞳《ひとみ》を心配で染め上げたスライムは、フレッドの身体に怪我がないのを確認してやっと安心したらしい。可愛《かわい》らしく鳴くと、悠利の隣へと移動する。

「僕を心配してくれていたんですね。ありがとうございます、ルークスくん。特に危ない目にもあっていませんよ。大丈夫です」

「キュ！」

「あのときはルーちゃん大活躍だったもんねぇ」

「あのときって？」

「建国祭で変な人に襲撃されたときの話」

「あぁ、アレか。……と、いうことは、そのときに狙われてたのが」

「僕になります。ユーリくん達には本当にお世話になったんです」

アロールの言葉を引き継ぐように、フレッドは柔らかな微笑みと共に告げる。襲撃されたという負の記憶を、フレッドは晴れやかな表情で告げるのだ。大切な友人が、自分を助けてくれた喜ばしい記憶として。言葉にせずともそれが伝わってくる。

フレッドを皆に紹介するのと、フレッドがオルテスタに挨拶をするために、悠利とフレッドはルークスを連れて皆がいるだろう応接間へと向かう。アロールは調べ物があるからと別行動を取ったが、挨拶は既に交わしているので問題ないだろう。

応接間には、既にオルテスタとアリー、そして見習い組が揃っていた。指導係や訓練生達は、そのうちやってくるだろう。まずはオルテスタに挨拶をと足を進めるフレッドに、悠利はくっついていった。

「この度はお招きいただきありがとうございます、導師」

「待っておったぞ。短い期間じゃが、彼らと交流を楽しめば良いと思ってな」

「でしたら、前もって教えていただきたかったですよ、導師。驚いてしまって」

「ははは。楽しみは内緒の方が面白かろう？」

「オルテスタさん、心臓に悪いですよー。僕ら、本当にびっくりしたんですからねー」

「うん？」

困ったような顔をするフレッドの隣で、悠利《ゆうり》が唇を尖《とが》らせて文句を口にする。外見美少年、中身は食えないジジイのオルテスタだが、悠利の言葉には不思議そうな顔をした。

「どういうことじゃ？」

「まさかこんなところで友達に再会すると思ってなかったんですもん」

「まったくです」

「……二人は知り合いだったのか？」

「はい。一緒に建国祭を回ったんですよ」

えへへと笑う悠利と、頷くフレッド。呆気《あっけ》にとられていたオルテスタは、確認を求めるようにアリーへと視線を向けた。保護者の意見を求めたのだ。

しかし、いつもならば空気を読んで即座に反応してくれる凄腕《すごうで》の真贋士《しんがんし》殿は、今回ばかりは驚いた顔をしている。彼としても、まさかこんなところでフレッドに会うとは思わなかったのだ。それも、護衛も無しに彼がいるとは思わなかったのである。

「フレ……」

「アリーさん、フレッドくん、宿泊してる間は自由行動が許されてるそうなんです。護衛も世話役の人もいなくて、僕らと一緒に過ごして良いそうなんですよ！　それが出来るって、オルテスタさんは本当に凄いですね！」

「……ユーリ」

「凄いですよね？」

にこにこと笑う悠利に、アリーはため息を吐《つ》いた。悠利が何故《なぜ》いきなりアリーの言葉を遮るように話し出したのかを、彼は正しく理解している。悠利は、今ここにいる少年がただのフレッドであると念押しをしたかったのだ。

だからアリーも、オルテスタが用意した舞台と、悠利が口にした茶番に乗っかることにした。

「お会い出来て光栄です、フレッド様。それにしても、事前に説明ぐらい欲しかったというのは俺も同じです、導師。そもそも、何故我々の予定と彼の予定を重ねたんですか」

「いや、二人は知り合いじゃろう？　そして、アリー殿の身内であれば色々と保証されるので、フレッド殿と接触させても問題なかろう、と」

「だったら尚更説明をしておいてください……」

がっくりと肩を落とすアリーに、オルテスタは「面白いと思ったんじゃがのぉ」などと嘯《うそぶ》いている。ちょこちょこお茶目な合法ショタな爺様《じいさま》である。

ただ、オルテスタの思惑も一応理解は出来た三人だった。

普段、フレッドが生活している世界はとても狭い。狭すぎるほどに狭い。建国祭で悠利達と行動を共にしたことが、例外扱いになるほどだ。そんな彼だからこそ、気さくに言葉を交わす相手はそうそういない。

だからこそ、オルテスタは二組の予定をぶつけたのだろう。アリーとフレッドは知り合いであり、アリーの庇護《ひご》下にあるメンバーならばフレッドに危害を加えることもない。籠《かご》の鳥のような少年に、つかの間の休息をと思ったのだろう。

……まぁ、だからといって、事前の説明も無しにいきなり鉢合わせした三人としては、もうちょっとちゃんと説明してくれと思うのだが。

大人二人が何やら話し込んでいるので、悠利はフレッドの手を引いて仲間達に紹介するために移動する。そもそも、先ほどからずっと、ヤックとマグの視線が突き刺さっているのだ。彼らも共に建国祭を回った友人なので。

「ヤック、マグ、フレッドくんも一緒にここで過ごすんだって」

「やっぱりフレッドさんだ！　オイラ、また会えるなんて思わなかったよ！」

「……再会、喜び」

「ヤックくん、マグくん、お久しぶりです。僕も、また二人に会えて本当に嬉しいです」

ハイタッチをして喜ぶヤックとフレッド。マグもそんな二人を見て嬉しそうに表情を少しだけ緩めている。実に微笑ましい光景だ。

ただ、何でそんなに盛り上がっているのか解らないカミールとウルグスが、首を傾げているだけで。二人の視線に気付いた悠利が、笑顔で説明役を担う。

「ほら、建国祭のときに知り合った友達がいるって話したでしょ？　それが、このフレッドくん」

「ん？　あぁ、あの、何か襲われたけどマグとルークスが頑張ったとかそういうアレ」

「そうそう、それだよ」

「そっかー。それでお前らそんなに楽しそうなんだな」

疑問が解けたと笑顔になるカミール。持ち前のコミュ力の高さを生かして、早速フレッドと挨拶を交わしている。穏やかで品のあるフレッドと、黙っていれば良家の子息に見える容姿をしているカミールなので、そこだけちょっと空気が違った。

そんな風にわちゃわちゃしている仲間達を見ながら、ウルグスが口元に手を当てながら何かを考え込んでいる。しばらく考えていたウルグスは、ハッとしたようにフレッドの顔を凝視した。

そして——。

「まさか、フレ……っが⁉」

「煩《うるさ》い」

「おっ、ま、えぇぇぇぇ……！」

「……マグ、いきなり鳩尾《みぞおち》に拳《こぶし》を一発は、流石《さすが》に可哀想だと思うよ」

「頑丈、平気」

ウルグスが何かを言うより先に、マグの拳が目にもとまらぬ早業でウルグスの腹に吸い込まれた。幾らガタイが良くても、多少鍛えていても、不意打ちで鳩尾に一撃を食らっては呻《うめ》くしかない。ウルグスは相変わらず容赦のない仲間に怒鳴る。

喧嘩《けんか》しないでー、と仲裁しようとする悠利だが、マグは何一つ気にしていなかった。ウルグスの頑丈さを知っているので、この程度ではどうということはないと思っている節があった。……相手が頑丈だろうと、いきなり人を殴ってはいけません。

「何が、頑丈だから多少殴ったところで平気だ！　お前は俺に何か恨みでもあんのか！」

「煩い」

「何か言いたいことがあるなら、手じゃなく喋《しゃべ》れって前から言ってんだろ！　言うより殴る方が早いとか言うんじゃねぇよ！」

「否」

「何でそこで俺が悪いになるんだ、この野郎！」

安定の口喧嘩を繰り広げる二人を、悠利もカミールもヤックも、いつものことと見守った。マグの台詞《せりふ》が短すぎて何を伝えたいのか解《わか》らないが、ウルグスが通訳状態で解説してくれるのでよく解る。今日も便利なウルグスくんである。

ただ、悠利達《たち》と違ってそのやり取りに慣れていないフレッドは、目を白黒させていた。こんな風に声を荒らげて喧嘩をするということに馴染《なじ》みがなかったのもある。

しかし、最大の理由は、マグの発言をウルグスがきちんと理解していることだろう。建国祭で一緒に過ごしたとはいえ、フレッドにはマグの発言がほぼほぼ理解出来ていないのだから。

「あの、ユーリくん、彼は」

「アレが、マグの通訳担当のウルグスくんです」

「指導係の皆さんも解らないのに、何故《なぜ》か一人だけ完全に理解しちゃってるウルグスくんです」

「ついでに、マグへのツッコミ役も担当する飼い主ポジションです」

「……皆さん、それで良《い》いんですか……？」

「『だってウルグスだから』」

晴れやかな笑顔で悠利が簡潔な紹介をすれば、ヤックがそれを補足する。そしてそこに、カミールがキラキラした笑顔でとても愉快な情報も追加した。何一つ間違っていない説明だが、部外者のフレッドは顔を引きつらせながら困っていた。そんな紹介で良いのか、と。

とはいえ、二人の口喧嘩を聞いていれば、意思の疎通が出来ているのはよく解る。あのマグの発言をきちんと理解出来るというのが事実だと解って、思わず感心したように息を吐くフレッドだった。

のんびりとしている外野と裏腹に、ウルグスとマグの口論は続いていた。けれど、徐々にその風向きが変化している。殴られたことに怒っていたウルグスが、微妙に歯切れの悪いマグの反応に気付いたからだ。

「で、お前結局何がしたかったんだよ」

「妨害」

「俺の言葉を邪魔したかったって、何が……」

「余計」

「……あー。……あー、そういう、こと、なのか……？」

「遅い」

「悪かったな！」

ようやっと自分の言いたいことを完全に理解したウルグスに、マグは舌打ちをしそうな雰囲気で言い捨てた。彼の心境としては、さっさと気付けこの愚図とでもいうところだろうか。

しかし、ウルグスが悪いわけでもない。決定打になる説明をしなかったマグにも原因はあるのだ。

ただ、当人が見ている前で全てを口にするのはマグにも憚《はばか》られたので、こんな風に回り道をしただけだ。

盛大にため息を吐いて、ウルグスは自分よりも随分と小柄な仲間の頭をわしわしと撫《な》でた。マグは面倒くさそうな顔をしているが、逃げなかった。自分の真意が通じた返礼だと解っていたので。

「お前がそんな気遣いするとは思わなかった」

「友人」

「そうかよ。友達増えて、良かったな」

「……煩い」

「何でそこで俺の足を踏もうとすんだよ、お前は⁉」

人付き合いが不得手なマグが友人を思って行動をしたことを祝っただけなのに、何故か足を踏まれそうになってウルグスは怒鳴った。からかわれていると感じたらしいマグは、ぷいとそっぽを向いてウルグスの話を聞いていない。

一度収まったと思ったらまた喧嘩を始めた二人に、悠利達はまたやってると言いたげな視線を向けるだけだった。実際、アジトでよく見る光景なので。

……どこからどう見てもガキ大将のウルグスくんだが、彼は代々王宮に勤める文官を輩出するような名家のお坊ちゃまだ。本人は貴族ではないが、貴族様にも顔が利くところのある少年である。

だから、その彼は、完全な庶民である悠利達とは違う情報を持っている。そして、決して鈍いわけではない。だから、悠利達が説明しなかったフレッドの素性を、彼はうっすらと察してしまったのだ。

驚いて思わずそれを口にしようとしたウルグスを、マグが咄嗟《とっさ》に止めた。あの鳩尾への一撃は、そういう意味合いだった。悠利達の耳に、フレッドの耳に届くような言葉を告げることが出来なかったマグの、精一杯の行動。友達との時間を守ろうとした、マグなりの優しさだ。

まぁ、だからといって鳩尾を殴られた恨みは忘れたくないウルグスなのだが。ぎゃーぎゃーと喧嘩を続ける二人の姿からは、彼らがひっそりと交わした会話は感じ取れなかった。一瞬のシリアスが、結局いつもの喧嘩に埋もれてしまうのが実に彼ららしいといえた。

「あの、彼らを止めなくて良いんですか？」

「いつものことだから大丈夫だよ」

「え」

「何だかんだで二人ともほどほどにしてるし、そのうち終わるんじゃないかなー」

「……僕、マグくんがあんなに大暴れするタイプだとは思いませんでした」

ケロリとしてる悠利達に、フレッドは疲れたように肩を落としながら呟《つぶや》いた。彼のイメージするマグは、無口で物静かな少年だった。それが、蓋《ふた》を開けたら自分より大柄な少年相手に一歩も引かずに喧嘩をする元気な少年だったのだ。イメージが大変なことになったに違いない。

そんなフレッドに、あんまり気にしなくて良いよ、と悠利達は言いきった。あと、慣れた方が良いよ、とも。マグがウルグス相手には遠慮も容赦もないのは、今更どうにも出来ないことだったので。

何はともあれ、久方ぶりの再会からの、お友達と過ごす楽しい時間が始まるのでした。

◇◇◇

飛び入り参加のフレッドを交えての鍛錬は、いつもと少し違った。興味本位で悠利《ゆうり》が見学者としているのも理由だろう。けれどやはり大きいのはフレッドの存在だ。見習い組も訓練生も、少年の存在に良い刺激を受けているようだった。

今は、武器を持たずに生身で組み手の鍛錬をしている。おおよそ実力が近しい者同士で組ませることを目的としているのか、レレイの相手はリヒト、マリアの相手はラジが担っていた。友好的に手合わせをしているレレイとリヒトに対して、マリアとラジは時々ラジがマリアに怒鳴っている。いつも通りだった。

そんな中、フレッドと組み手をしているのはクーレッシュだった。体格もさほど変わらない二人は、良い勝負をしていた。見学中の悠利が感心するぐらいには、フレッドはクーレッシュとほぼ互角のやりとりを見せている。

「フレッドくん、実は結構強かったのかなぁ……？」

「キュ？」

「でも、その割には襲撃されたときはあんまり反応してなかったよねぇ？」

「キュイ」

悠利に問いかけられて、大人しく彼の足元で一緒に見学していたルークスはこくこくと頷《うなず》いた。全身を縦に動かす仕草は頷いているときのそれだ。可愛《かわい》い従魔の同意が得られたので、悠利は「だよねぇ？」と首を傾《かし》げた。

今、目の前で見ているフレッドは随分と動けているように見える。斥候職とはいえ、クーレッシュも戦えるように色々と身につけている青年だ。それと良い勝負をしているのだから、フレッドの実力は決して低くはないだろう。

けれど、悠利の記憶にある限り、建国祭で襲撃されたときのフレッドの動きは鈍かった。驚いていたというのもあるだろうが、アレは戦える人間のそれではなかったように、悠利は思う。《真紅の山猫《スカーレット・リンクス》》の仲間達を見ている悠利だからこそ、そう思うのだ。

「何でかなぁ……？」

「何か気になることでもありましたか？」

「あ、ジェイクさん。いえ、ちょっと気になっただけなんです」

「僕で良ければ聞きますよ？」

「お願いしても大丈夫です？」

「はい、勿論《もちろん》」

悠利とルークスが二人でうんうん唸《うな》っているのを見て気になったのだろう。ジェイクが二人の側《そば》にやってきて、声をかけた。

自分では判断が出来なかったので、他人の意見が聞けるのはありがたいことだ。悠利は、ジェイクの提案に渡りに船とばかりに乗った。悠利の足元では、ルークスも興味津々といった瞳《ひとみ》をしていた。……似たもの主従である。

「フレッドくんって、強いのか弱いのかどっちなのかなぁと思ったんです」

「彼の強さ、ですか？」

「はい。今、フレッドくんはクーレと良い勝負をしてますよね？　でも、建国祭で襲撃されたときは、あんな風に動けてなかったんです。だから、どっちが本当なのかなーと思って」

「あぁ、そういうことですか。簡単ですよ」

悠利の質問に、ジェイクはにこやかに笑った。戦闘とは無縁そうな学者先生であるが、色々と分析したり判断したりするのは得意なジェイクだ。悠利の疑問の答えも、すぐに解ったらしい。しかし、悠利にもルークスにも解らない。なので一人と一匹は、大人しくジェイクの言葉を待った。

「今やっているのはあくまでも鍛錬です。決まりのある試合のようなものだと言えば解りますか？」

「……何となく？」

「お互いに同じ土俵の上で、同じ規則を守って、互いを不必要に傷つけないように気遣って身体《からだ》を動かしているにすぎません。だから、二人が互角に見えるんです」

「……本当は互角じゃないんですか？」

「性質が違う強さと言うべきですね」

首を傾げる悠利に、ジェイクは説明を続ける。こういうときの彼はとてもとても頼りになる先生なのだ。伊達《だて》に学者を名乗ってはいない。

「襲撃を受けたときに彼が動けなかったというのも、無理はありません。彼の武術の腕前はそこそこあるでしょうが、それらは全て学んだだけです。実践が伴っていません」

「えーっと……？」

「きっと、彼は自分が戦う必要などない立場なんでしょうね。常に守られる側であり、危険を察知したとして、自分一人で対処する必要がない。……ようは、戦いには慣れていないんです」

「あ……」

ジェイクの説明に、悠利は小さく声を上げた。常に護衛が側にいるだろう少年が、自分で敵と戦うことはないだろう。むしろ、そんなことが起きては困る。だからフレッドは実戦に慣れていないのだ。

対してクーレッシュ達は冒険者だ。ルール通りでなくとも、多少卑怯《ひきょう》な方法だろうと、敵を倒して生還するための術《すべ》と、ごく普通にそれが出来る精神を有している。

戦いを生業《なりわい》の一つにする者と、あくまでも守られる側である者の違いは、確かにそこにある。今は目に見えていなくとも。

「つまり、実戦になったらクーレの方が強い、と」

「まぁ、実際クーレはそれなりに強いですよ」

「そうなんですか？　いつも自分は弱いって言ってるんですけど」

「比較対象がレレイですからねぇ。アレと比べるのは酷かと」

「あー……」

物凄《ものすご》く納得した悠利だった。

常日頃クーレッシュが行動を共にすることが多いのは、同年代の訓練生であるレレイだ。彼女は猫獣人の父親から身体能力を受け継いだ格闘家だ。拳《こぶし》で何でも粉砕しそうなお嬢さんを基準にしていたら、クーレッシュが自分を弱いと言うのも無理はなかった。

「フレッドくんが決まりを守った範囲での綺麗《きれい》な強さ、言わば剣舞に近いような強さを持っているのに対して、クーレはどんな状況でも自分が生還するという一点に特化した強さを持っていますよ」

「生還する、ですか?」

「えぇ。彼は斥候ですからね。斥候は情報を持ち帰るのが仕事であって、敵を倒すことが仕事じゃありません。いわば、状況判断と逃げ足の速さが武器ですよ」

「元気に戻ってくるのは大事なことですね」

「そうですね。それは、うちで一番に教えることです。失敗しても挽回《ばんかい》は出来ますが、死んでしまっては何も出来ませんから」

にこにこ笑顔で空恐ろしいことをさらっと言うジェイク先生。悠利がのほほんと生活している日々の裏側に、仲間達が生死を賭《か》けて戦っている現実は確かにあった。

……ただ、その話を聞いてもイマイチ実感が湧かないので、そっかーと思っているだけな悠利だった。何しろ、悠利は運∞なので、危ない目には滅多にあわないのだ。実感が湧かなくても仕方ない。

そもそも、唯一の例外がフレッドが襲撃されたときというレベルだ。とはいえあのときも、情けは人のためならずという感じで知り合いに助けてもらえたのだが。あのタイミングで助けに来てもらえたことを考えるに、やはり悠利は強運の持ち主だ。

とりあえず、ジェイクの説明で色々納得した悠利は、鍛錬中の仲間達《たち》を見学することに戻った。見ていたら、組み合わせがちらほらと変わっている。基礎の鍛錬ということで、あまり戦闘に向いていない面々も参加しているのが面白い。

小柄で共に体術にそこまで向いていないロイリスとアロールの二人は、攻撃をするよりも受け身を取る方を優先しているのか、互いに防御や受け身の練習をしていた。片方が攻撃して片方が防御、ないしは受け身を取るという感じだ。

中身はどちらも大人びているのだが、外見はちんまりとして愛らしい。そんな二人が仲良く協力していると、物凄く微笑《ほほえ》ましかった。ちなみに、アロールは本人の性格で大人びているだけだが、ハーフリング族のロイリスは、人間よりも寿命が短い種族だと考えれば精神年齢が外見よりも高くてもおかしくはない。

ちなみに、その逆パターンがヘルミーネだ。

羽根人は人間の三倍ほどの寿命を誇るので、外見が十代の半ばであるヘルミーネの実年齢も、そんな感じだ。ただ、羽根人の場合は外見年齢と精神年齢が同じようなものなので、見た目で判断しても問題ない。人間で考えれば彼女は外見通りの可愛いお嬢さんだ。

……時々、スイーツ関係で暴走するところは、お子様っぽいが。

そのヘルミーネはと言えば、弓の師匠であるフラウに指導を受けている。筋肉のつきにくい種族なので、腕力を鍛えてもほぼほぼ無意味なヘルミーネ。それでも、身体の動かし方を覚えるのは悪いことではないので、同じ弓使いとしてフラウが教えているのだ。

「皆が参加してるのって不思議な感じがします」

「そうですか？」

「戦闘系じゃない職業《ジョブ》の皆がいるの、アジトではあんまり見ないので」

「あぁ、そういえばそうですね。でも、支援系の職業だとしてもダンジョンに潜ることがありますから、鍛錬は必要ですよ」

「まぁ、そうですよね」

見慣れない仲間達の鍛錬姿に、悠利は素直に頷いた。非戦闘員に見えても、皆は悠利と違ってダンジョンに潜ったり、依頼をこなしたりする冒険者なのだ。向き不向きはあっても、必要最低限の戦闘能力は持っている。

それに、戦闘能力は職業で判断出来ないことも多い。職業を複数持つのはよくあることだが、それでも誰《だれ》もがメイン職業は一つだ。そして、そのメイン職業が戦闘に向いていないものだったとしても、戦闘能力に秀でている場合がある。

その見本が、アリーだった。

彼のメイン職業は真贋士《しんがんし》だ。他に戦士などの職業も持っているそうだが、彼が公式で名乗る職業は真贋士のみ。つまりは、それがアリーの本業と言える。

真贋士は鑑定系の上級職だ。罠《トラップ》を見抜いたり、敵の弱点を看破したりと色々とお役立ちだが、決して前衛職ではない。分類するなら支援職だろう。だというのにアリーの戦闘能力は並の前衛職以上だった。

今も、見習い組の四人を一人で相手にしている。四人がそれぞれに動いて、時に連係して攻撃してくるのを、防ぎ、反撃し、どこが悪いかを告げながら鍛錬を続けているのだ。アリーさん凄いなぁと悠利は思った。

「アリーさんって、凄いですよね」

「まぁ、アリーですし」

「真贋士って、皆さんあんな風に強いんですか？」

「いえ、アリーが例外だと思いますよ。真贋士って、割と街中で仕事しますし」

「なるほどー」

やっぱり僕らのリーダー様は凄かったんだなと再確認する悠利。それと同時に、鑑定系の職業は別に物騒なことに慣れているわけじゃないというのも解《わか》って一安心した。何せ、自分が鑑定系の最上級職みたいな感じなので。

体力作り程度の運動ならば悠利も参加するが、こんな風に本格的な戦闘訓練には参加しない。しようとも思わないし、誘われることもなかった。皆、悠利が非戦闘員だということをよく理解している。

その代わりのように、ルークスが張り切って戦闘訓練をしている。今は大人しく悠利の隣にいるが、アロールが従魔達の鍛錬を行うときに同行することがあったりする。尊敬する先輩であるナージャを筆頭に、色々と教わっているらしい。

鍛錬を続ける皆を見ながら、時々頑張れーと応援する悠利《ゆうり》だった。


組み手の鍛錬が終わった後は、ラソワールが用意してくれた飲み物と軽食で休憩タイムだ。大人組は大人組で、子供組は子供組で固まって話をしている。勿論、悠利も交ざっている。

そんな中、話題の中心になっているのはフレッドだった。

以前からの知り合いの悠利達以外とは出会ったばかりだが、共に鍛錬をしたことで打ち解けたらしい。相手が多分お金持ちとか貴族なんだろうなと解りつつも、今ここにいるのはただのフレッドだと認識することにしたらしい一同は、普通の態度を取っていた。

それが、フレッドには嬉《うれ》しかったようだ。そもそも、建国祭で知り合った悠利達とのごく普通の友人関係を、彼は殊更に喜んでいた。悠利達が友人として接するから、他《ほか》の皆もそうやって接してくれる。その素朴さが、彼にはとても貴重なものなのだ。

「フレッドさんって、武術も勉強も出来て凄いよね」

「そんなことはないですよ。まだまだ未熟者ですし」

「えー、フレッドさんで未熟者だったら、オイラ達はもっともっと未熟者だよ」

「と、言われましても……」

褒めてくるヤックに、フレッドは困った顔をしている。先ほどまでの鍛錬と、その後の雑談で知った彼の知識の深さに本気で凄いと思っているヤックなのだ。けれどフレッドにしてみれば自分がそこまで凄いと思えていないので、二人の会話は噛《か》み合わない。

この場合、どちらが悪いというわけでもない。しいていうなら、彼らの基準点の違いだろう。農村育ちのヤックにしてみれば凄いと思うフレッドの知識や教養の深さも、彼の育った環境では身につけていて当たり前のものでしかない。だからフレッドは自分を凄いとは思わないし、まだまだ精進しなければならない未熟者だと思っている。

「まぁ、俺らから見たらフレッドはすげぇって話だから、あんまり気にしすぎなくて良いと思うぜ」

「そうだねー。大人しそうだと思ってたけど、クーレ相手に身体良く動いてたしねー!」

「……お前、自分はリヒトさんと組み手やりながら、俺らの動きまで見てたのか?」

「え? そりゃ近いんだから見えるよ?」

「……そうか」

ケロリとした口調で言うレレイに、クーレッシュは肩を落とした。鍛錬の最中に、脇見をするだけの余裕があるのがレレイらしいと言えた。別に、リヒト相手の組み手で手を抜いていたわけではない。単純に、こと戦闘に関する何かになると彼女の能力は際立つのだ。

フレッドも驚いたように目を見張っている。にこにこ笑顔が印象的なレレイなので、とても腕が立つようには見えない。外見で判断してはいけないことはフレッドもよく解っている。何せ彼は、美貌《びぼう》のオネェであるレオポルドと顔見知りだ。その辺は解っている。

解っているがそれでも、皆と一緒にのんびりと過ごしているレレイの今の姿から、そこまでの強さを判断するのは難しいだろう。天真爛漫《てんしんらんまん》、元気いっぱいという印象の方が強くなる。

「レレイって、本当にそっち方面の能力は高いよねぇ」

「何で限定するの、ユーリ」

「だって、座学は微妙だって皆が言ってるから……」

「ち、違うもん！　ちょっと眠くなっちゃうだけだもん！」

「興味がない内容の場合、本を開いて十分ぐらい放置しておくと、寝るぞ」

「安定のレレイ」

「二人ともヒドい！」

のほほんとした悠利の意見に反論したレレイだったが、クーレッシュが容赦なく沈めにきた。常日頃行動を共にしている同期は、容赦がなかった。そして、誰一人としてその発言を否定しなかった。

人当たりがよく穏やかで、滅多なことで他人の悪口など口にしないイレイシアすら、そっと目を逸《そ》らしている。レレイが座学の授業が苦手なのは、誰も否定出来ないのだ。

ヒドいヒドいと悠利とクーレッシュを詰《なじ》るレレイだが、別にその感情が尾を引くことはない。あたしだって頑張ってるもんとぼやきながら、割とあっさり別の話題に参加する程度には、彼女は切り替えが早かった。そこ、単純とか言わない。後に引きずらないのは美点です。

「フレッドさん、王都から出たことあんまりないんだよな？」

「ええ、家族と旅行に行くときぐらいでしょうか。なので、王都に住んではいますが、あまり近隣に足を運んだこともありません」

「それなのにあんなにダンジョンの知識があるなんて、凄いと思う。何かオススメの勉強法とかあったら教えてほしいぐらい」

「そう、ですか？　自分が住む国のことなので、知っておけと言われて幼い頃から学んでいるのですが」

感心したようなカミールに、フレッドは首を傾《かし》げた。彼にとっては普通のことらしいが、悠利達にしてみれば全然普通のことではない。普通に凄い。

物心付く頃には家庭教師に教わって勉強をしていた、とフレッドが説明すると、皆の顔が歪《ゆが》む。そんな子供のときから勉強とか嫌だ、みたいな雰囲気が充満した。悠利も顔をしかめるレベルだ。

庶民である彼らには、まっっったく理解出来ない環境だった。子供は遊びたい盛りである。そんな小さな頃から勉強を頑張っていたと聞いて、何人かがぽんぽんとフレッドの肩を叩《たた》いた。大変だったんだねとでも言いたげに。

ただ、当のフレッドだけは不思議そうにしている。彼にとってはそれが普通だった。子供の頃から色々なことを学び、将来立派な大人になるために頑張るのは、彼にとっても彼の家族にとっても普通のことだったのだ。

そんな中、不意にラジが口を開く。一族単位で護衛業をやっている虎獣人の青年は、何かを思い出したように独りごちた。

「でも、確かに僕も物心付く前に受け身の練習をしてたりするから、家業が絡むとそんなものかもしれないな」

「あ、そういえばあたしも、歩けるようになったぐらいから父さんに稽古《けいこ》つけてもらってたって母さんが言ってたかも」

「そこの獣人枠はちょっと黙ってろ」

お前らの普通を普通にするんじゃない、とツッコミを入れるクーレッシュ。ラジは素直に黙ったが、レレイはえーと文句を言っている。頑張って修業してただけだよと言う彼女を、クーレッシュはあしらっている。

しかし、そんな彼を他の訓練生が裏切った。思いも寄らなかった面々が。

「ですが、わたくし達も、言葉を覚える前から歌を聴き、旋律を耳に刻み、言葉を覚えると同時に歌を習いますわ」

「うちの一族はそもそも、赤ん坊のときに世話役の従魔が付けられるし、従魔の扱い方を幼児の頃から覚えるよ」

「お前らがそっち側とか思いたくなかった……」

「そっち側って失礼だよ、クーレ」

「あー、いやでも、お前らは特殊な環境でもあるよな？」

麗しの人魚族の美少女は歌と共に育つことを主張し、クールな十歳児の僕っ娘魔物使いは従魔と共に育つことを説明する。常識人枠と思っていた二人のカミングアウトに、思わずクーレッシュは脱力した。無理もない。

自分の普通の判定は間違ってないと主張するクーレッシュ。それに力一杯同意するのは悠利達《たち》だった。庶民は、お子様の頃からそんな風に色んなことを叩き込まれたりしない。

カミールは商家の息子だが、その彼にしたって物心付く頃に何かを叩き込まれた覚えはない。異議あり、異議ありと主張する庶民組だった。

とはいえ、普通は人の数だけ存在するので、絶対の基準は存在しない。わーわーと言い合いをしながらも、互いの普通が存在することを彼らは一応理解している。その上で、自分の普通はこういうのである、と説明するのを忘れない。何せ、生まれも育ちもバラバラなのだから。

喧嘩《けんか》ではないが彼らのやりとりは実に賑《にぎ》やかだ。声が大きいというよりは、誰もが臆《おく》せずに口を開いているからだろう。そんな賑やかなやりとりを、フレッドは目を丸くして見つめている。彼には見慣れない光景なのだろう。

「びっくりした？」

「え……？」

「うちはいつもこんな感じだよ。大人組は落ち着いてるけど、僕達はまだ子供だから。こんな風にわいわいやってるんだ」

「それは、とても楽しそうですね」

「うん、楽しいよ」

悠利の言葉に、フレッドは表情を緩めた。自分の知る世界とは違う温度の皆を、羨《うらや》ましいと言いたげな眼差《まなざ》しだ。けれど、それについては悠利もフレッドも何も言わなかった。

フレッドの世界は、とても狭い。その狭い世界しか知らないフレッドにとって、年齢も性別も問わずにポンポンと言い合いをする《真紅の山猫《スカーレット・リンクス》》の若手組の姿は、驚きの連続だろう。けれどその驚きは、決して悪いものではなかった。楽しそうな皆を見て、フレッドも楽しそうなのだ。自分がそこに交ざるのは難しくても、見ていて楽しむことは出来る。いきなり違う世界に飛び込むのは難しいので、今はきっと、それで良いのだろう。

「ユーリくんは、皆と一緒に鍛錬をしたりはしないんですね」

「僕は家事担当なので～」

「ふふふ。確かに、ユーリくんが戦うところは想像が出来ないです」

「僕の代わりに、そういうのはルーちゃんが引き受けてくれるから」

「なるほど」

「キュー？」

のんびりとした二人の会話で、自分が呼ばれたと思ったらしいルークスが小さく鳴いた。足元で「呼んだ？」とでも言いたげにじぃっと見上げてくる愛らしいスライムを見て、悠利とフレッドは顔を見合わせて笑った。

「ルークスくんが、ユーリくんの優秀な護衛だって話をしてただけですよ」

「ルーちゃんのおかげで助かってるっていう話だよ」

「キュピ！」

二人に褒められて、ルークスは目をキラキラと輝かせた。ルークスは悠利が大好きなので悠利に褒められるとそれはもう喜ぶ。また、悠利だけでなく、誰《だれ》かに褒められるのをとても喜ぶ性質があった。

それはつまり、「褒められていると解《わか》っている」ということなのだが、悠利もフレッドもあまりその重要性に気付いていなかった。愛らしい見た目を裏切るハイスペックな従魔は、理解力も物凄《ものすご》く高いのでした。

鍛錬を共にしたことで距離の縮まったフレッドと一同は、その後もわいわいと雑談を楽しむのでした。

◇◇◇

「あの、ラスさん、聞いて良《い》いですか？」

「何でしょうか」

悠利の質問に、ラソワールは首を傾げた。静かに問いかける美貌の家憑《つ》き妖精《ようせい》・シルキー。メイドさんのような装いとあいまって、実に麗しい。

「もしかして、オルテスタさんって大豆がお好きなんですか？」

そんな彼女に、悠利は自分が感じたことを素直に伝えた。

「ここで使われてる食材に、大豆関連のものがとても多いなぁと思ったからです」

手にしたおからを示しながら、悠利が告げる。おからだけではない。ここの冷蔵庫には、豆腐やお揚げ、豆乳などが常備されている。ついでに、味噌《みそ》と醤油《しょうゆ》もある。ないのは納豆ぐらいだ。

悠利《ゆうり》の言いたいことを理解したラソワールが、困ったような顔で口を開く。美しい面差しのシルキーさんは、そんな表情をしていても目の保養だった。

「そうですね。マスターは大豆というか、豆類がお好きです。ですので、大豆の加工品も好んで食されます」

「もしかして、森の民の皆さんって菜食主義者とか、豆類大好きとかだったりするんですか？」

「いえ、違います。単なるマスターの好みです。森の民はどちらかというと肉食です」

「え」

エルフ耳の神秘的な雰囲気の長命種である森の民は、悠利の中ではどちらかというと野菜や果物、木の実を愛してそうなイメージだったので、思わず声が出た。そんな悠利に、ラソワールはさらりと事実を教えてくれる。

「そもそも、森の民は生活を森で完結することを至上としております。マスターのような一部の例外を除いて森から出ないのはそういうことですね」

「それと肉食がどういう関係で……？」

「森の中では、畑をするよりも果実や木の実、そして獣や魔物を狩って食べる方が効率が良いからだそうです」

「……あー、なるほど。狩ったお肉を全力で食す感じですか……」

「そうなります」

僕のイメージしてた森の民と違うなぁ、と悠利は思った。果物や木の実を好むのはともかく、狩猟系民族のノリが出てくるとは思わなかったのだ。ただ、冷静に考えれば森を切り開いて畑を作るのは、森と共に生きる森の民には不似合いかもしれない。……と、無理矢理に自分を納得させることにした。

ちなみに、森の民の食生活は生活する森の状態によって変化する。広大な湖を有する森に住む森の民は、肉より魚を好む場合もあるのだ。とりあえず、森の中で木の実や果物を好むという以外は、生活地の肉事情で好みが変わる森の民の皆さんだった。

なお、オルテスタは森を出て外の世界で色々な物を食べた結果、豆が気に入ったということだった。種類が豊富で、調理方法も様々。さらには大豆は加工食品としても優秀とあって、オルテスタのお気に入りであった。


「そういえば、食材の調達ってどうしてるんですか？」

「学園都市の方へ買いに行っております。あちら側の出口はマスターの研究室ですので、私が出歩いてもどなたも何も気にされませんから」

「というか、ラスさん、余所《よそ》に出掛けられるんですね？」

「短時間だけでしたら、可能です」

「あ、それでも短時間なんですね」

「はい。私の基盤はここにありますので」

「なるほど」

ラソワールは家憑き妖精だ。家憑き妖精はその名の通り家を拠《よ》り所にするので、長時間離れるのは御法度だった。そもそも、悠利は離れられると思っていなかったので、お買い物に行けるだけ凄《すご》いなと思った。

話が脱線していたことにはたと気付いた悠利は、慌てて本題を口にした。

「あの、このおからって何にするつもりでした？」

「野菜やお揚げと炊くつもりでしたが、何か……？」

「えーっと、そのー……」

「ユーリ様？」

ある意味で予想通りだったラソワールの答えに、悠利は困ったなーと言いたげな顔をした。ラソワールが言っているのは、お惣菜《そうざい》売り場で見かけるおからの炊いたもののことだろう。卯《う》の花《はな》とも呼ぶが、恐らく、それで間違いはない。

問題は、その卯の花が、多分、若手組のお口にあんまり合わないだろうということだ。そもそも、ヘルシーなおかずすぎるとも言えた。悠利は卯の花は好きだけれど、同級生の反応などを思い出すと、多分確実に、訓練生の若手や見習い組は微妙な反応をするに違いない。

……約一名、出汁《だし》にご執心の少年を除いて。

「多分なんですけど、その料理は、あんまり喜ばれないかなーと」

「そうなのですか？」

「多分、皆には落ち着いた味すぎるかな、と」

「なるほど。年寄りのマスター好みの料理では、若い皆様のお口には合わないかもしれないということですね。ご指摘ありがとうございます」

「ラスさん……」

職務に忠実な家憑き妖精さんは、己の主《あるじ》の好みを一刀両断してくれた。今は、お客様をおもてなしすることが最優先なのだろう。悠利が言葉を選んだのに、ラソワールは何も気にしていなかった。強すぎる。

とはいえ、これで話が噛《か》み合った。悠利が何に困っていたのかが通じたラソワールが、柔らかく微笑《ほほえ》む。おからを手にしたままの悠利に、彼女は楽しげに口を開いた。

「それで、ユーリ様にはおからを皆様好みに調理する妙案がおありなのですね？」

「妙案ってほどじゃないんですけど、皆が好きそうな料理には出来るかなぁって」

「承知しました。それでは、おからを使った一品、よろしくお願いいたします。必要な食材は申しつけてくださいね」

「はい！」

自分が言い出さずとも理解しているラソワールの言葉に、悠利は満面の笑みを浮かべた。おからを手にしながら、とても良いお返事だ。

ラソワールに許可を貰《もら》ったので、悠利はうきうきと調理に取りかかる。おからを使って作るのは、マヨネーズで和《あ》えた卯の花サラダだ。ちょっとポテトサラダに似た食感に仕上がるし、マヨネーズは皆大好きなので喜んでくれるだろうと思ったのだ。

まずは、具材の準備だ。この卯の花サラダはメインディッシュでもないし、小鉢の一つという扱いなので、あまり具沢山にはしない。その方が、おからの食感を楽しんでもらえるような気がしたからだ。

なので、使うのはシンプルにキュウリと、コクが欲しいので脂の乗ったハムっぽいものを拝借する。これの正しい名称を悠利は知らないが、お店で買うときはビアソーセージだの、ボロニアソーセージだの書いてあるやつを選んでいた。こちらでどう呼ぶのかは知らない。

キュウリは輪切りにする。何故《なぜ》かというと、ソーセージが薄切りだからだ。同じような大きさの方が良かろうという何となくの判断だった。多分、その方が食感が調和するような気がしたのだ。ただし、いつものごとく何となくなので、明確な根拠はどこにもなかった。悠利が作るのは家庭料理なので、割といつもそんなものである。

「お塩ー、お塩ー」

キュウリのスライスが終われば、ボウルの中に入れて塩もみをする。しばらくこのまま馴染《なじ》ませて、水を抜くのだ。この作業をして水気を取っておかないと、サラダがべちゃべちゃになるのだ。

そもそも、キュウリはその成分の殆《ほとん》どが水分だ。マヨネーズと和えるとそこに塩分があるので、どうしても水が出てきてしまう。なので、あらかじめ少しでも水気をとっておくと美味《おい》しく仕上がるのである。

続いて、ソーセージの準備に取りかかる。そう、ソーセージである。ハムっぽい形をしているが、多分、ハムではない。お店で売っているのもソーセージと書かれていたし。

ごろんと大きなそれを必要な分量スライスして、食べやすい大きさに切り分ける。作る途中で火を通してあるので、そのまま食べても大丈夫なのがありがたい。

一かけ味見で口の中に放り込むと、肉の風味と脂の旨味《うまみ》、そして塩胡椒《こしょう》や香辛料の風味がふわりと香る。ここに置いてある食材は良い物ばかりなので、このソーセージも絶品だった。多分、ほどほどの大きさに切って提供すれば、それだけで酒が飲める。

「あ、美味しい」

悠利は未成年なのでお酒は飲まないが、このソーセージはとても美味しかった。サンドイッチにしても大変美味しく出来上がること間違いなしだ。というか、これをおかずに白米が食べられる気がした。

ソーセージの準備も終わったので、次は大きなボウルにおからを放り込む。このおからはしっとりさが残っている生タイプのものなので、そのまますぐに使えそうだった。

おからを乾煎《からい》りして一手間加えるパターンもあるのだが、悠利が作るのはそのまま混ぜてしまうタイプ。しっとりしたおからに具材とマヨネーズを加えて混ぜれば終わりだ。実にお手軽。

どの作り方が正しいかは、悠利にもよく解らない。ただ、自分が美味しいと思ったものを、自分が作りやすいやり方で作っているだけだ。料理の仕方も、味付けも、作る人や食べる人の数だけあって良いと思う悠利だった。

……まぁ、食べられるものを作製するという基本事項は守ってもらいたいものだが。ダークマターを生成するのはよろしくない。

「何を作られるんですか？」

「あ、ラスさん。……分身ですか？　本体ですか？」

「本体でございます」

「あ、今日は本体なんですね」

「丁度手が空きましたので」

　興味深そうに現れたラソワールに、悠利は驚いた次の瞬間に質問を投げかけた。そんな彼にさらりと答えるラソワール。分身ではなく本体が見に来たということは、それだけ興味があったのだろう。

「ラスさんは、ポテトサラダはご存じですか？」

「はい。マヨネーズを購入したときに教わりました」

「なら、話が早いですね。ジャガイモの代わりにおからを使って、ポテトサラダのような料理にしようと思ってるんです。卯の花サラダって言うんですけど」

「なるほど……。マヨネーズでしたら、皆様喜ばれますね」

「そうなんです」

　納得がいったと言いたげなラソワールに、悠利はにこにこと笑った。何を作るかが解ったら満足したのか、ラソワールは仕事に戻っていった。おからが何に化けるかが気になったのだろう。

　ラソワールとの会話を終えた悠利は、キュウリの様子を見る。水が出てきているのでよく切って、手で軽く絞る。キッチンペーパーがあると便利なのだが、流石《さすが》に異世界には存在しない。なので、手で絞っている。なお、布巾《ふきん》を使うのも一つの手である。

ざっくり水気を絞れたら、おからを入れたボウルにキュウリも入れる。キュウリと同じぐらいの大きさに切ったソーセージも入れる。ヘラでざくざくと全体を混ぜ合わせたら、次は調味料の出番だ。

使うのは、マヨネーズと塩と胡椒だ。まずマヨネーズをたっぷり一カ所に置き、その上に塩と胡椒を適量振る。最初にマヨネーズと塩胡椒を混ぜ合わせることによって、全体に塩と胡椒が行き渡るようになるのだ。

マヨネーズが全体に馴染むように混ぜたら、味見をする。おからにはあまり味がないので、マヨネーズとソーセージの旨味で味付けをする感じだ。口の中に入れて、ぱさぱさせずに旨味が広がったら良い塩梅《あんばい》。完成だ。

「出来上がり。皆《みんな》、喜んでくれるかな」

そもそも、おからを知らない皆なので、こういう料理として出してもすんなり受け入れられる可能性が高かった。唯一気にかかるのはオルテスタの反応だが、あの合法ショタのお師匠様は、年の功なのか割と何でも気にせず食べてくれる。むしろ、知らない料理を面白がって食べるところがあった。強い。

今から、皆の反応が楽しみな悠利。小鉢に人数分の盛り付けを終えると、ラソワールの仕事を手伝うのだった。

そして、昼食の時間。一人ずつどの料理も器に盛り付けて並べられているので、争奪戦などが起きない実に平和な食事の始まりだ。

食事の前にラソワールが本日のメニューを軽く説明するのが恒例で、その中で悠利《ゆうり》が作った卯の花サラダも紹介された。おからが何かよく解《わか》っていない面々は、特に気にもとめず。おからが何かを知っている面々は、少し驚いたような顔で。けれど、誰《だれ》もその料理を拒絶しようとはしなかった。

特に、若手組はマヨネーズで味付けされていると知って、嬉々《きき》として食べている。あっさりとしたポテトサラダみたいなものだからだろう。ソーセージの旨味も利いていて、とても美味しく仕上がっているからだ。

更にここに、オマケが付いてくる。

ポテトサラダと違って、卯の花サラダはカロリーが低い。とても重要だ。ポテトサラダはジャガイモなので、サラダと名付けてあってもカロリーが高い。ジャガイモは結構カロリーが高いのだ。主食として使われることもある食材なので。

そんなわけで、美味しいのにカロリーが低いと知って、女性陣がうきうきでお代わりをしている。沢山作っておいて良かったと悠利は思った。

「ユーリくん、これは本当に大豆なんですか？」

「大豆というか、大豆から豆腐を作るときの絞りかすだよ」

「そのようなものまで、こんなに美味しく作ってしまうなんて……」

「いやあの、フレッドくん？　おからはそもそも、食べられるものだよ？」

物凄《ものすご》く感心しているフレッドに、悠利は思わずツッコミを入れた。確かに彼には馴染みのない食材かもしれないが、おからは食べ物だ。別に、廃棄される何かを料理にしたとかではない。

むしろ、栄養満点でとても身体《からだ》に良い食材だ。悠利に視線を向けられたオルテスタも、力強く頷《うなず》いてくれている。豆類大好きな導師様は、おからも大好きらしい。そして、マヨネーズで和えた卯の花サラダも、大変お口にあったらしく、大満足していた。

そんな悠利の言葉も聞こえていないのか、フレッドは感心しきりで卯の花サラダを食べている。スプーンで掬《すく》って口へ運ぶ所作は、とても上品だ。けれど、もぐもぐと咀嚼《そしゃく》するときの美味しそうな表情は、年齢相応にも見えた。

マヨネーズのおかげかしっとりとしたおからの食感は優しく、口の中にじゅわりと広がる沢山の旨味がフレッドに笑みを浮かべさせる。おからの食感はマッシュポテトに近く優しい。キュウリはシャキシャキした食感を残している。そして、薄切りにされたソーセージは小さいながらも肉の弾力を感じさせるのだ。

食べたことがない料理でありながら、ポテトサラダに似ているからかひどく馴染みやすい。そんな不思議な料理だった。

「ユーリくんって、本当に料理が上手なんですね」

「上手っていうか、料理をするのが好きなだけだよ」

「何言ってるのさ！　ユーリは滅茶苦茶《めちゃくちゃ》料理が上手だよ！　ユーリが上手じゃなかったら、誰が上手なのか解らないよ！」

「同意」

「……二人とも、落ち着いて。フレッドくんが驚いてるから」

のほほんとした悠利の返答に納得がいかなかったらしいヤックとマグが、正面からツッコミを入れてくる。その剣幕の強さにフレッドは目を白黒させている。彼の知っている食卓では、こんな騒々しさは無縁だ。

「だって、ユーリが料理上手なのは本当じゃん」

「同意」

「ほら、マグも同感だって」

「解ったから、落ち着いてってばー。確かに料理はそこそこ得意だけど、でも僕、料理人とかじゃないから、知識とかはそんなにないんだって」

「でも料理上手だし」

「同意」

「……褒めてくれるのは嬉《うれ》しいけど、圧が怖いよ、二人とも……」

悠利は別に、自分が料理が得意じゃないと思っているわけではない。食べたいと思う料理を一通り作れるのは、それなりのスペックが必要だと解っているからだ。

ただ、自分はあくまでも素人《しろうと》だという意識を持ち続けているだけなのだ。悠利が作る料理はあくまでも家庭料理で、その調理方法だってプロの目から見れば間違っていたり穴だらけだったりするかもしれない。

そういう風に考えてしまうので、自分で上手だと言えないのだ。だから彼の中では、自分は料理が好きだという認識になるのである。

そんな悠利達のやりとりを見て、フレッドが楽しそうに笑った。きょとんとする三人に、少年はやはり楽しそうなまま言葉を発した。

「皆さんは本当に仲良しなんですね。賑《にぎ》やかで楽しいです」

「まぁ、仲悪かったら喋《しゃべ》らないよね？」

「無視」

「……えーっと、マグそれ、仲が悪かったら無視するってことで良《い》いの？」

「諾」

「もー！　最近ちょっと喋るようになったと思ったのに、ウルグスが近くにいたらすぐ面倒くさがって言葉が少ないー！」

「面倒」

隣に座るマグに同意を求めたヤックは、相変わらず単語でしか返事をしてくれないマグにぶーぶーと文句を言った。しかし、マグはどこ吹く風でケロリとしている。

確かに最近では、以前より口数が増えたマグだ。聞いている側に解るように、多少単語が増えてきたのも事実。しかし、手近な場所にウルグスがいると、面倒くさがって元に戻るのだ。完璧《かんぺき》な通訳がいるのも考え物である。

「本当に、仲良しで賑やかなんですね」

「そうだねー」

微笑《ほほえ》ましく二人のやりとりを見ているフレッド。その表情が楽しそうなので、悠利も一応同意はしておいた。

いつもはもっと賑やかなんだけどなーと思いながら、悠利は慎ましくそのことは黙っておいた。知らぬが仏だ。正真正銘育ちの良い少年であるフレッドには、知らせなくても良い世界かもしれないと思ったので。

何せ、料理の争奪戦が起きていない。これだけでとても平和な光景だ。仲良しで賑やかというフレッドの評価で収まる程度のやりとりしかしていないのは、これが原因だ。

料理はお代わりをしても大丈夫なように余裕を持って作ってあるし、大皿に盛りつけるのではなくお代わりの申告制だ。ラソワールがすぐさま用意してくれるので、取り合いになることもない。実に平和な食卓だった。

「この卵《う》の花《はな》サラダ、作り方を教えてもらうことは可能ですか？」

「え？　別に大丈夫だけど、何で？」

「とても美味《おい》しいので、家《うち》でも作ってもらおうと思いまして」

「……フレッドくんのお家で食べるような料理かな、これ……」

「美味しくて栄養もあるなんて、皆が喜ぶ料理ですよ？」

にこにこ笑顔のフレッドに、悠利は「それはそうなんだけど……」と少しだけ遠い目をした。フレッドの素性を知っている身としては、彼の食卓に並ぶ料理に卵の花サラダが加わるのはどうなんだろうと思ってしまったのだ。だってどう考えても庶民飯なので。

それでも、フレッドが何故《なぜ》そんなことを言い出したのかをうっすら察した悠利は、笑う。そんなものを縁にしようとしてくれる友達の思いが、嬉しかったのだ。

「フレッドくんがそんなに気に入ってくれたなんて、嬉しいな」

「ユーリくんのご飯はとっても美味しいですよ」

「そう言ってもらえるのが、僕は一番嬉しいんだ」

「君らしいですね」

食べた誰かに喜んでもらえるのは、悠利が何より好きなことだ。それが大切な友達だったら、なおのこと。この卯の花サラダも、フレッドを含む皆が喜んでくれるかなと思って作ったので、気に入ってもらえて本当に嬉しいのだ。

「ユーリ様、大変です」

「はい？　どうかしましたか、ラスさん」

「卯の花サラダが、残り、小鉢一つ分しかございません」

「……わぁ。皆、よく食べたんだねぇ……」

気配もなく現れたラソワールにちょっとだけ驚きつつ振り返った悠利は、告げられた言葉に目を点にした。気に入ってるだろうとは思ったが、予想以上に大好評だったらしい。

けれど、彼女が何故それを言いに来たのかが、よく解らなかった。お代わりを用意するのは悠利の仕事ではなく、全てラソワールがしてくれていたのだから。

そんな悠利に、ラソワールは柔らかく微笑みながら告げた。人形めいた顔立ちが、柔らかな印象に変わる。

「フレッド様は、もうお代わりは必要ありませんか？」

「え？　僕、ですか？」

「はい。他《ほか》の皆様はユーリ様にまた作っていただけますし、マスターには私がお作りします。ですが、フレッド様が同じ味を食べることが出来るかは、解りませんでしょう？」

「ラソワールさん……」

客人をもてなすことに全力を尽くしている家憑《つ》き妖精《ようせい》さんは、一人別の場所へ帰るフレッドへの気遣いを優先したらしい。皆のお代わり乱舞も一段落しているので、誰も彼らのやりとりに口を挟まない。というか多分、聞いていない。

美味しく他の料理を堪能している皆を見て、どうしようか悩んでいるらしいフレッドを見て、悠利は笑顔で口を開いた。作った者としての、素直な感想を。

「お腹《なか》が大丈夫なら、フレッドくんに食べてもらえると嬉しいかな。僕の手料理を食べてもらえることなんて、きっと、そうそうないから」

「ユーリくん……。そうですね。それでは、お言葉に甘えていただきます」

「承知しました。では、用意いたしますね」

フレッドの返答に満足したように微笑むと、ラソワールは優雅な仕草で一礼して去っていった。

相変わらずの、出来るメイドさんという印象だった。エプロンドレスを翻す姿さえ、とても絵になる。

悠利がレシピを教えることで、フレッドが帰還してからも卯の花サラダを食べることは可能だろう。けれど、同じレシピでも作り手によって少しずつ味が変わってしまうのが料理の不思議なところだ。微妙な匙《さじ》加減が異なるからだろうか。

だから、ラソワールはフレッドに友人である悠利の手料理を優先的に渡そうとしてくれた。彼女はフレッドの素性を詳しくは知らない。悠利達《たち》との関係も、建国祭で知り合った友人としか知らない。

それでも、フレッドと悠利達がそう簡単に出会うことが出来ないのだということを、彼女は察している。それゆえの気遣いだ。優しいなぁと呟《つぶや》いた悠利に、そうですねとフレッドも微笑みながら同意するのだった。

食後、低カロリーで栄養価も高い卯の花サラダは、主に女性陣から「また作ってね」と頼まれるのでした。どうやら《真紅の山猫《スカーレット・リンクス》》の定番料理が増えそうです。

◇◇◇

「えー、フレッドさん、もう帰っちゃうの？」

唇を尖《とが》らせてヤックがぼやく。やだなぁ、もっと一緒にいたいのになぁ、という感情がダダ漏れだ。見習い組の最年少とはいえ、普段はそれなりに落ち着いてしっかりしたところのあるヤックが、こんな風に我儘《わがまま》を言うのは珍しく、皆が微笑ましく見つめていた。

そんなヤックに、フレッドは困ったような顔をしている。既に荷造りは終わっている。荷物を傍《かたわ》らに置き、荷物持ちの青年が迎えに来るのを待っている状態だ。

ほんの数日で、フレッドは《真紅の山猫》の面々と随分と馴染《なじ》んだ。元々顔見知りだった悠利《ゆうり》達はともかく、それ以外の訓練生とも仲良くなっている。マグが平然と友達として扱っているので、皆もつられた部分があった。

何せ、マグの警戒心の強さは筋金入りだ。その彼が大切な友人として認識し、何かと気にかけ、他愛ない雑談を繰り広げるというだけで凄いことだ。マグの警戒心を解いたということは、善良だという判定が下されたのだ。よって、年齢の近い面々は友達が増えたな！　という感じになったのだ。

大人組の方は、フレッドがそれなりの身分にあることを理解した上で、距離を選んでいる。ただし、この場にいる限りは悠利達と同様に一人の少年であるという認識も崩さなかった。そういう折り合いの付け方が出来るのが、頼れる大人の皆さんなのだろう。

ちなみに、大人組で唯一のポンコツ枠であるジェイクは、最初から何も気にしていなかった。師匠の教え子、というぐらいのざっくりした認識だ。基本的に彼は興味のない部分を思いっきりスルーするので、そんなものである。

「すみません。君達がいると解《わか》っていたら、僕ももう少し滞在出来るように準備をしてきたんですが……」

「予定があるんだよね?」

「はい。人に会う約束がありまして……」

残念そうに呟くフレッドに、彼の周囲を取り囲んでいた見習い組や訓練生も同じような顔をした。予定があるのならば無理強いは出来ない。特に予定がないならば、もう少し泊まっていけば良いのにとなるのだが。

「残念だよなー。せっかく仲良くなれたのにさー」

「滞在」

「こらマグ、予定があるって言ってるだろ。引き留めようとするな。荷物を固定するな」

「……邪魔」

「何で俺が悪者になってんだよ! 他人様の荷物を、勝手に紐《ひも》で階段の手すりにくくりつけようとするな!」

カミールが本心から告げると、その隣でぼそりとマグが何かを呟いた。え? とフレッドが視線を向けるより先に、ウルグスのツッコミが光る。マグの手には紐が握られており、その片方はフレッドの荷物にくくりつけられていた。

握った紐を片手に階段の手すりとくくりつけて固定しようとしていたマグは、ウルグスに襟首を引《ひ》っ掴《つか》まれて面倒くさそうな顔をしている。何でお前は邪魔をするんだと言いたげである。荷物が運べなければ、その分時間稼ぎが出来てフレッドと一緒にいられると思ったらしい。

マグがそこまで他人に執着するのは珍しいので、よっぽどフレッドのことが気に入ってるんだろうなぁと皆は思った。更に言えば、マグはフレッドには優しい。どうやら、襲撃事件を一緒に乗り越えたことで、フレッドはマグの中で庇護《ひご》対象の枠に入ったらしい。悠利と似たようなものだ。

自分より弱いと思っているので、側《そば》にいる間は守ってやろうと思っている。ついでに、友達としても気に入っているので、せっかく会ったんだからもうしばらく滞在しても良いだろ？　という感じだ。やり方はポンコツだったが、マグなりの意思表示である。

意味のよく解っていないフレッドに、ウルグスがマグを捕まえながらそれを説明した。この言葉の足りない少年の言いたいことを理解するのは、知り合って間もないフレッドには難しいだろうと思ったからだ。

……実際は、付き合いがそこそこある悠利達もさっぱり解らないのだけれど。

「こいつ、フレッドさんともうちょっと一緒にいたかったみたいなんだ。驚かせてすみません」

「あ、いえ……。大丈夫です。名残《なごり》を惜しんでもらえてるんですね」

「こいつなりに、ですけど」

ぺこりと頭を下げて説明するウルグスに、フレッドは小さく笑った。マグは表情にあまり出ないので解りにくいが、その彼に惜しまれているのはフレッドにも嬉《うれ》しいことだった。大切な友人だと思っているので。

そのマグはといえば、ウルグスに襟首を引っ掴まれたまま、不服そうに唇を尖らせてぼそりと呟いた。

「邪魔……」

「だから、俺はお前の邪魔をしてるんじゃなくて、お前の暴走を止めただけだ」

「……否」

「暴走だろうが、どう考えても。お前がフレッドさんの邪魔をしてどうすんだ」

噛《か》んで含めるようなウルグスの言葉に、マグはとりあえず黙った。黙ったが、自分の中の感情を色々と整理した結果なのか、一言呟く。それを見て、ウルグスは困った奴だと言いたげな顔をした。

「……否」

「邪魔じゃないとか言うな。後、拗《す》ねるな」

「否」

「お前はッ！　何でこの体勢から俺の首を狙ってくんだよ⁉」

「急所」

「的確に急所狙いすんじゃねぇ！」

照れ隠しなのか、単純にからかわれたと思って苛立《いらだ》ったのかは知らないが、マグは襟首を掴まれたままの体勢で片手を動かした。首めがけて伸びた手刀は、咄嗟《とっさ》に反応したウルグスに阻まれる。

そこから始まる、いつもの二人の口論。マグはいつの間にか襟首を掴んでいたウルグスの手から脱出して、怪我《けが》をしない程度の攻撃をしながら口喧嘩《くちげんか》をしている。大変物騒な光景だが、《真紅の山猫》の面々にとっては見慣れた光景だった。

ただ、見慣れているとはいえ、危ないことに変わりはない。おろおろしているフレッドの隣で、悠利が「手は出しちゃダメっていつも言ってるでしょ！」と二人に向けて叫んでいる。それを聞いたフレッドがそういう次元なのか？　と言いたげな顔をしていた。

マグがこんな風に食ってかかるのはウルグス相手のときだけだ。ついでに、二人の仲が悪いわけではない。マグはウルグスには気を許しているだけであり、だからこそ扱いがぞんざいなのだ。ただ、それをフレッドにすぐに理解しろというのは難しいだろう。

なので、ヤックとカミールが説明をしている。二人の言葉が足りない部分は、近くにいたクーレッシュやアロールが補った。彼らに説明されて、なるほどと言いたげにフレッドが頷《うなず》いている。

そんな皆のやりとりを見ていたアリーが、隣に立っているオルテスタにツッコミを入れた。

「導師、どう考えても情報の伝達ミスだと思うのですが」

「驚かせようと思っただけなんじゃがなぁ……。まぁ、仲良くなって良かったということで」

「……導師」

平然としているオルテスタに、アリーはがっくりと肩を落とした。アリーとしては、貴重な再会を思う存分楽しませてやりたかったのだ。だが、前情報がなかったせいで数日で終わってしまった。もどかしい気持ちがあるのだろう。

悠利達が生きる世界と、フレッドが生きる世界はあまりにも違いすぎる。建国祭での出会いは偶然で、奇跡のようなものだった。ただの少年として出会い、ただの友人になった。そんな奇跡は、もう二度と望めないはずだった。

オルテスタの気まぐれで用意されたこの場所は、悠利達にとって途方もない幸福だった。もう二度と会えないはずだった友人と再会することが出来た。誰《だれ》に憚《はばか》ることなく友と呼び、楽しい時間を過ごすことが出来た。

きっとフレッドも悠利達も、この短い時間を宝物のように受け止めるだろう。それだけで十分だと笑うだろう。少なくとも、悠利とフレッドはそうするだろうとアリーには解っていた。あの二人は、年齢の割にそういうところの物わかりが良すぎるのだ。

特に、フレッドはその傾向が強い。自分がどういう風に見られているのか、どういう風に振る舞うべきなのかを、彼はしっかりと理解している。我が儘を口にすることで周囲にかける迷惑を知っている。だからきっと彼は、自分からは決して望まない。

「……ちっ」

思わず舌打ちをしたアリーを、オルテスタが見上げる。黙っていれば月に拐《かどわ》かされそうだと弟子に称される美貌《びぼう》の持ち主は、苦虫を噛み潰《つぶ》したような顔をしている男に対して、笑みを浮かべた。

端整な顔立ちに浮かぶのは、にんまりとした笑みだった。

「アリー殿、儂《わし》から一つ提案があるのじゃが」

「何でしょうか」

「また後日、子供らを連れてここへ来るつもりはないかな？」

「……は？」

呆気《あっけ》にとられるアリーに、オルテスタはからからと笑う。楽しそうな外見美少年の言葉を引き継いだのは、二人の隣でのんびりとしていたジェイクだった。

「あぁ、あの子も一緒に呼び寄せようという魂胆ですね、師匠」

「魂胆と言うな、バカ弟子」

「えー、どう考えても魂胆じゃないですか。あんなワケありっぽい子を呼び寄せるとか」

「人聞きが悪い。別れを惜しむ子供らの姿に心を打たれただけにすぎんわ」

「……師匠が？」

「何じゃその顔は」

「師匠がそこまで気にかける相手も珍しいなぁと思っただけです」

師匠と弟子の軽快なやりとりを、アリーは呆《あき》れた顔で見ていた。どちらも互いに対して遠慮がどこにも存在しなかった。ある意味で師弟らしいとも言えるのだろう。

とはいえ、ジェイクの指摘からオルテスタが何をしようとしているのかは理解出来た。つまるところ、今回は不意打ちで予定を合わせたわけだが、今度は示し合わせてここへ来いということなのだろう。恐らく、仲介はオルテスタが担ってくれるはずだ。

それは、アリーにとって願ってもないことだった。少なくとも、別れを惜しむ若手組とフレッドを友人として交流させるのは、ありがたい。ここ以外の場所では叶《かな》わないだろうと解っているからこそ。

「……今回と同じように、彼と予定を合わせて我々を呼んでくださるということで良いのですか？」

「そちらが嫌でないのなら。フレッド殿も、否やとは言わんじゃろうよ」

「感謝します」

弟子と戯れながらも、オルテスタは楽しげに笑って答えた。アリーは謝意を示すように軽く頭を下げる。

そこでオルテスタは、ふと思い出したように口を開いた。

「あぁ、今回は儂の思惑だけでなく、ある御仁の頼みもあって、お主らを呼んだのじゃ」

「は？　初耳ですが」

「言い忘れておった」

「師匠ー、もう物忘れですかー？　森の民ならまだ老け込む年齢じゃないは……もがっ」

「口の減らん弟子め。黙っておれ」

「はーい」

茶々を入れたジェイクに、オルテスタは煩《うるさ》い口を塞《ふさ》ぐように懐から取り出したクッキーを押し込んだ。もぐもぐと咀嚼《そしやく》したジェイクは、師匠の台詞《せりふ》に従うように気の抜けた返事をした。

訝《いぶか》しげな顔をしているアリーに向けて、オルテスタは小声で告げる。その顔は、どこか悪童めいていた。

「王都で少々捕り物があるとのことでな。騒ぎになるであろうから、こちらへ避難させるように、と」

「……何があったかは、留守番に聞くことにします」

「うむ。まぁ、そちらに直接的な影響はなかろうよ。何でも、王都にたむろする不埒《ふらち》な輩《やから》を一掃するとのことであるし」

ケロリとしたオルテスタの言葉に、アリーは盛大にため息を吐《つ》いた。今のやりとりで彼には何のことかあらかた解ったのだ。解ったのだが、解ったからこそ、色々と疲れてしまうのだった。常識人は辛いよ。

言うべきことは言ったとして、オルテスタはわちゃわちゃしている悠利《ゆうり》達の下へと歩いていく。アリーの了解は取ったので、別れを惜しむ子供達に説明をしてやろうという感じだ。

「フレッド殿」

「あ、導師。大変お世話になりました」

「うむ、楽しく過ごせたようで何よりじゃ。ところで、フレッド殿さえ良ければ、第二回を開催するのはいかがかな？」

「はい……？」

「今度はもう少々余裕を持った日程で」

にこりと微笑《ほほえ》むオルテスタの言葉に、フレッドは固まった。何を言われたのかよく解《わか》っていないのだ。正確には、予想外の提案をされたことで処理が遅れているというところだろうか。

そのフレッドに変わって食いついたのは、悠利とヤックだった。二人の隣で、マグも前のめりになっている。

「オルテスタさん、それって、またここで僕らが遊んでも良いってことですか⁉」

「フレッドさんにまた会えるの⁉」

「……再会、可能？」

「うむ。アリー殿の了解は既に取ってある。予定が合えば、ここで共に過ごすのも良かろうと思ってなぁ。何せ、蔵書は膨大じゃ。勉強にもなると思うが？」

オルテスタの言葉に顔を輝かせていた一同が、最後の台詞で途端に表情を曇らせた。確かに言われている通りここの蔵書は膨大で、座学のお勉強に役立つ資料が山盛りだ。きっと調べ物がはかどるだろう。

しかし、そこはお勉強よりも遊びたいお年頃の面々だ。友達と遊べると思ったら、強制勉強会になりそうな予感に怯《おび》えているのである。

けれど、オルテスタのその言葉の受け取り方が違う人物がいた。フレッドだ。

「つまり、導師御自ら教えてくださるという名目ならば、僕がここに来やすいであろうということでしょうか？」

「日程の全てを勉学に費やす必要はなく、適度な休憩は必要じゃろう？」

「導師のお心遣い、感謝いたします」

茶目っ気たっぷりなオルテスタのウインクに、フレッドは満面の笑みを浮かべて頭を下げた。意味を理解した悠利達も、ぱぁっと顔を輝かせた。

つまりオルテスタは、勉強を口実に遊びに来いと言っているのだ。勿論《もちろん》、きちんと勉強もしなければならないだろうが、余裕を持った日程で来訪すれば、楽しく遊ぶことも可能だろう。そういう提案である。

「それじゃあ、また、ここで会えるってことだね！」

「そういうことになりますね」

「やったー！　オイラ、もうフレッドさんには会えないかと思ってたから、凄《すご》く嬉《うれ》しい！」

「……同意。……感謝」

「……すまんが、何が言いたいのか教えてもらえると助かるんじゃが」

手をたたき合って喜ぶ悠利達《たち》。微笑ましく彼らを見ていたオルテスタは、マグに真顔で一言だけ告げられて、何のことかさっぱり解らずに通訳を求めた。

自分の仕事だと理解しているウルグスは、マグがフレッドとまた会えることを喜び、その機会を与えてくれたオルテスタに感謝しているのだということを説明する。今日も通訳は絶好調である。

「ふむふむ、またここで修業出来るってことだよね。よーし、今度こそ現《うつ》し身を完封するぞー！」

「そうね、レレイ。あの現し身を完封出来てこそ、今の自分を越えたことになるものねぇ」

「ですよね、マリアさん！」

また来られると解って俄然《がぜん》張り切るレレイとマリア。脳筋系女子二人は、今日もとても元気だった。その姿を見ながら、リヒトとラジがぼそりと呟《つぶや》く。

「もういっそ、あの二人は現し身の間に宿泊すれば良《い》いんじゃないだろうか」

「そうすれば、僕らが引っ張り出されることもないですよね」

「それな……」

手合わせの相手として常日頃巻き込まれている男二人は、哀愁を背負った背中で解り合っていた。あの二人も大変だなぁと皆は優しく見守るのだった。

なお、見守るだけで手助けはしない。もとい、割り込むと大変なことになるので何も出来ないの

だ。

「フレッド様」

「アリーさん。今回は、お会い出来て嬉しかったです」

「こちらもです。……次の機会がありましたら、また、ここで」

「はい、導師のご厚意に甘える形になりますが、是非」

元々顔見知りで、顔を合わせる機会も存在するアリーとフレッドの会話は、そこまで湿っぽくはならない。場所が限られていても、彼らは顔を合わせる機会がある。

けれど、フレッドがただのフレッドとしてアリー達に会える場所は、今までどこにもなかった。オルテスタの気まぐれが発端だが、この場所があることは彼ら二人にとってても喜ばしいことだった。重苦しい何かを、面倒な何かを、背負うことがない場所で言葉を交わせるのだから。

「次は是非、ブルックさんにもお会いしたいです」

「あいつは連れてきたら、現し身の間から出てこない気がしますがね」

「それはそれで、実に見応《みごた》えのある戦闘が見学出来るかと」

「目で追えるかは解りませんよ」

「あぁ、それがありますね。ですが、楽しみにしておきます」

「はい」

握手をして、二人は頭を下げる。それを見計らったかのように、呼び鈴が鳴った。ラソワールが扉を開ければ、初日にいたのと同じ青年が立っていた。

「フレッド様、お待たせいたしました。荷物をお持ちします」

「ありがとう。お願いします」

「はい」

フレッドに挨拶《あいさつ》をした青年は、悠利達にも一礼をしてから荷物の下へと歩く。オルテスタには特に深々と頭を下げたが、特に何かを言うことはなかった。

青年が荷物を手に取ると、フレッドも皆に向けて頭を下げた。名残惜《なごり》しいが、迎えが来たのだからお別れの時間だ。

「皆さん、とても楽しい時間をありがとうございました。お元気で」

笑顔で告げたフレッドに返されるのは、元気でという言葉や、また会おうねという言葉だった。人数が多いので、がやがやとするが、それをもフレッドは嬉しそうに受け止める。

「フレッドくん」

「はい、ユーリくん」

「またね！」

「……っ、ええ、また！」

あの日、建国祭の別れのときに告げたのと同じ言葉。けれど、あのときとは違って、今日は再会を信じて告げることが出来る。また友人として会えると、彼らは知っている。だから、その言葉はとても晴れ晴れとしていた。

荷物持ちの青年と共にフレッドが去っていく。その背中には、彼の姿が転移門のある小屋の扉に消えるまで、悠利達の元気な声が届いているのだった。

つかの間の楽しい時間は終わったけれど、次の機会があると解っているからこそ、笑顔で別れることが出来るのでした。

# エピローグ　優しいお味の和風豆乳スープ

「さて、それじゃあこの豆乳でスープを作ろうか」

悠利が示した瓶の中身を見て、料理当番のヤックは不思議そうな顔をした。真っ白な液体は彼には牛乳にしか見えなかったからだ。けれど、匂いは牛乳と違うので、違和感があるのだろう。

「これ、何？　牛乳じゃないの？」

「豆乳って言って、大豆の加工品。物凄く大雑把に言うと、豆腐の原料。これを他《ほか》の材料と混ぜて固めると豆腐になるの」

「へー。じゃあ、飲む豆腐ってこと？」

「そんな感じかなー。僕の故郷では、牛乳の代わりに使われたりもしてたよ」

「牛乳の代わり？」

「体質的に牛乳を受けつけない人もいるからね」

「へー。そうなんだ」

悠利の説明に、ヤックは不思議そうに豆乳を見ている。牛乳は馴染《なじ》みがあるが、豆乳を見ることは初めてなので不思議なのだろう。

とはいえ、悠利の説明でヤックは、豆乳がどういうものかを理解した。それによって、見知らぬ不思議な液体だった豆乳が、知っている食材の原料という感じで情報が上書きされたのだ。

これはかなり重要なことで、人間は知らない何かだと気味が悪いと思うが、それが何か解ると大丈夫になることが多い。なので、ヤックは不思議そうに見ているだけで、豆乳への忌避感を示しはしなかった。

「これを使ってスープを作るって、ミルクスープみたいな感じになるの？」

「んー、出汁《だし》で味付けをするから、もうちょっと飲みやすい感じに仕上がると思うよ」

「出汁……？」

「出汁」

悠利の言葉に、ヤックは動きを止めた。きょろきょろと視線を彷徨《さまよ》わせるが、乱入者の姿はなかった。ほっと一安心したように息を吐《つ》くヤック。彼が何を警戒しているのかは、悠利にも解った。

「マグなら、夕飯まで帰ってこないよ」

「それ確実？」

「ブルックさんと一緒らしいし」

「それなら、確実かな……。あー、良かった」

「あははは……」

ヤックがこんな反応をするのも、マグが出汁には凄い勢いで反応するからだ。出汁という単語だけで食いついてくる程度には、彼は出汁が大好きだった。何が彼をそうしたのかは、やはり誰《だれ》にも解らないままだ。

マグの乱入を警戒しないで良いと解《わか》って、ヤックは目に見えて安堵《あんど》していた。出汁を欲しがるマグの相手をするのは一苦労なのだ。

「まぁ、沢山作っておけば大丈夫かなって思うから」

「大丈夫だと良いなぁ……」

「でも、最近は説明したら解ってくれるようになったし」

「ウルグスが取られないように祈っておくよ、オイラ」

「……そうだね」

出汁が大好きなマグは、自分が理不尽を働いても良い相手として認識しているウルグスが相手の場合は、ご飯を奪い取りに行くのだ。勿論、ウルグスも素直に取られたりしないので喧嘩《けんか》になるのだが。

まぁ、その辺りは実際に食べるときにならないと解らないので、二人は気を取り直す。彼らがやるべきは、料理である。夕飯を作るのがお仕事なのだから。

「スープってことは、具材も入れるんだよね？　何入れるの？」

「今日はタマネギとシメジかな。キノコを入れると美味《おい》しくなるから」

「じゃあ、オイラはシメジの準備をするね！」

「……ヤック、流れるようにタマネギから逃げたね」

「……だって、タマネギ、目が痛くなるし……」

晴れやかな笑顔で告げたヤックは、悠利《ゆうり》のツッコミにすっと目を逸《そ》らした。確かにタマネギを切ると目が痛くなるのは事実なので、否定出来ない悠利だった。冷蔵庫で冷やしておくと多少マシとはいえ、やはりタマネギを切るのは覚悟がいるのかもしれない。

とりあえず、手分けして具材の準備に取りかかる。

シメジはいしづきを落としてバラバラにする。タマネギは少し細めの千切りで。慣れた手つきで二人はそれぞれの担当を終わらせた。

それが終われば、スープ作りだ。豆乳だけで作ると濃くなり、慣れていない者は苦手に感じるかもしれないのでお湯と半々ぐらいの分量を鍋《なべ》に入れて温める。沸騰してきたら、調味料を入れて味付けだ。

「味付けに使うのは顆粒《かりゅう》出汁と、醤油《しょうゆ》と、塩かなー」

「何か、すまし汁作るときに似てる気がする」

「うん、そんな感じ。優しい味に仕上げるのが目安かな」

「優しい味……。……うーん、何となくしか解らないや」

「味見して覚えて」

「解った」

二人で味見を繰り返しながら調味料を入れていく。顆粒出汁は昆布主体のものを使っている。そうすることで、和風っぽい優しい味になるからだ。

味がある程度調ったら、シメジとタマネギを入れてしばらく火を入れる。具材の旨味《うまみ》が出てくることで、スープの味が完成するのだ。

「豆乳だけのときは何か豆とか豆腐っぽい匂いがしたけど、こうやって味を付けるとすまし汁みたいな匂いになるんだー」

「出汁を入れると、出汁の匂いがするからそのせいじゃないかな」

「……マグが釣られる匂いだ」

「……そうだね」

マグは今ここにいないが、きっと近くにいたら「出汁？」と言いながら現れることだろう。容易に想像できた。

具材が煮えたのを確認したら、味見だ。小皿にスープを入れて、飲んでみる。

豆乳のまろやかさと、出汁のホッとする風味が絶妙に調和していた。出汁や醤油の味付けだけならばすまし汁と同じだというのに、豆乳が加わることで深みが存在している。だというのに決してしつこくはなく、優しい味というのが素直な感想だった。

また、タマネギの甘味とシメジの旨味が加わっているので、スープにコクが出ている。具材の旨味を舐《な》めてはいけないと思わせてくれる風味だ。

ちなみに、カニカマや手鞠麩《てまりふ》などを入れても美味しい。後、地味に春雨も合う。手元にはそれらが存在しないので、今回はシメジとタマネギにしているのだ。

なお、使うキノコは別に何でも良いのだが、マイタケを使うときだけは少し考えた方が良いかもしれない。色が茶色くなるので。今は優しい白い色合いをしているが、マイタケを入れると少し濁った色になる。それが気にならないならば、マイタケは旨味が抜群なので入れるととても美味しくなる。

悠利は今回、初めての料理を皆が気兼ねなく食べてくれるようにと、シメジを選んだ。色は大事だ。食欲と料理の色は、結構関係があるので。

「ユーリ、このスープ美味しい。ミルクスープとは全然違う」

「出汁で割ってることになるからね。飲みやすいでしょ？」

「うん！」

悠利の説明に、ヤックは満面の笑みで応《こた》えた。未知の料理だった豆乳スープが、とても美味しい料理に変化した瞬間だった。

「それじゃ、スープは出来たから他のおかずを作ろうか」

「了解！」

料理当番の仕事は、まだまだ続く。夕飯までに皆に喜んでもらえるおかずを頑張って作るのだ。気合いを入れ直し、二人でせっせと調理に戻る悠利とヤックでありました。


そんなこんなで、夕飯の時間。ミルクスープかクリームスープかと思って豆乳スープを見ていた皆は、一口飲んでその優しい味わいに魅了されていた。何とも言えずホッとする味わいだからだ。

初めて口にする豆乳に不思議そうにしているのは事実だが、それでも美味しいという感想に嘘《うそ》はない。そんな仲間達を見て、悠利もご機嫌だった。

ちなみに、マグは説明される前からそこに出汁を使った美味しい料理があると理解していたのか、いの一番に豆乳スープに手を付け、さっさとお代わりに繰り出していた。出汁の信者の嗅覚《きゅうかく》は、今日も絶好調です。

「このスープとっても美味しいわね。優しい味って感じ」

「豆乳の風味がしますのに、少しも濃くないので、とても飲みやすいですわ」

「そうそう、それよ！」

楽しそうに笑顔で話しているのは、ヘルミーネとイレイシアだ。タイプの違う美少女が二人、笑顔で語らう姿は大変絵になった。

その隣でレレイは、あっという間にスープを飲み干してメインディッシュの肉を食べている。肉食大食いの彼女にとっては、豆乳スープは美味しいけれど、それより肉が本命らしい。

けれど、美味しいと思ったのは事実らしく、途中で思いついたのかお代わりをよそいに行っている。彼女は猫舌なので、スープ類のお代わりは早めに貰《もら》ってきて冷ましておくのが常だった。

「フラウはさっきから何を考え込んでいるんですか？」

「うん？　あぁ、このスープに肉か魚を入れるなら、何が良いかと思っていた」

「……え？　いります？　肉とか魚って」

「入れたらもっと美味しくなりそうだな、と」

「どうせ入れるなら、キノコを何種類もとかの方が味を壊さないと思いますけど」

何かを考え込むように真剣な顔でスープを飲んでいたフラウの意見に、ティファーナは少し考えてから自分の意見を述べる。ヘタに肉や魚を入れると、今の優しい味が壊れてしまうのではないかと彼女は思ったのだ。

それも一理あるかと考えたらしいフラウは、ティファーナと二人で追加するならどのキノコが良いかという話題で雑談を始めた。二人と同じテーブルでスープを飲んでいたアロールは、大人二人の会話には加わらず、黙々とご飯を食べている。

ただ、豆乳スープは早い段階で完食しているので、彼女の口にも合ったらしい。自分から口にはしないが、行動は割と解りやすいところのあるアロールだった。

「とても美味しいが、その豆乳というのは珍しい食材なのか？」

「この辺ではあまり見かけないのは確かですね。豆腐の原料になるものなので、この辺りでは作らないのかもしれません」

「なるほどな」

スープが気に入ったのか美味しそうに食べていたブルックからの質問に、悠利は彼なりの考えを述べた。大豆自体はこの辺りでも手に入るが、大豆よりも枝豆の方が好まれている。そのせいか、豆乳も見かけたことはなかった。

もしかしたら、悠利がいつも豆腐やお揚げを買っているおばあちゃんのお店に行けば、売っているかもしれない。なかったとしても、頼めば取り寄せてくれる可能性はある。豆腐を持ってくる人に伝手《つて》があるなら、豆乳が手に入る可能性は高い。

そんなことを考えながら、悠利もスープを口に含む。シメジの弾力と、ほどよく食感を残したタマネギのシャキシャキ感が心地好《よ》い。和風に仕上げた豆乳スープのまろやかさと調和して、口の中が幸せだ。

豆乳が多すぎると濃くなってしまうが、出汁で割る形になっているこのスープは比較的飲みやすい。仲間達がすまし汁を嫌いではないところから、この豆乳スープを作ろうと思い立ったのだ。

「豆乳は豆腐にするかそのまま飲むかだと思っていたが、このように美味な料理になるのだな」

「僕も初めて食べたときは驚きました。それまで豆乳はちょっと苦手だったんですけど、このスープで美味しいと思えたんです」

「うむ、そのようなきっかけは誰にでもあろうな。そして、これは実に美味なスープだ」

「ありがとうございます」

「礼を言うのはこちらであろうよ。美味しい食事をありがとう」

「いえいえ」

和風食材に馴染みのあるヤクモ。その彼にしても、豆乳スープには縁がなかったらしい。初めて食べる料理に驚きつつも、堪能してくれている。

ブルックとヤクモの二人は留守番をしていたので、久しぶりの悠利の料理を堪能している節がある。もっとも、オルテスタの別荘に出掛ける前に、悠利が幾つか料理を作り置きしておいたのだけれど。

常に冷蔵庫にストックしている常備菜に加えて、二人が好きそうな料理を幾つか作ってから出掛けたのだ。どちらも料理は出来るし、大人なのだからそんな気遣いは無用だと言ったのだが、悠利がやりたかったので用意したのだ。

そんな経緯なので、二人もまったく悠利の料理を食べていないというわけではない。それでも、顔を合わせて食事をし、見たこともない美味しい料理を食べられる状況を彼らは喜んでいた。

「そういえば、僕達が出掛けている間に、何か大きな捕り物があったって本当ですか？」

「うん？　あぁ、何かあったらしいな。この辺は特に騒ぎに巻き込まれなかったぞ」

「そうであるな。何やら、街の者に不義理を働く輩《やから》が成敗されたらしいが」

「物騒なこともあるんですねぇ」

「逆だ、ユーリ」

「え？」

大捕り物かぁと呟《つぶや》いた悠利に、ブルックが笑いをかみ殺すようにして告げる。きょとんとする悠利に説明をしたのは、隣に座っていたアリーだった。

「物騒なことが起きないように、悪さをする奴らを一斉にしょっぴいたってことらしいぞ」

「……と、いうと？」

「建国祭からこっち、余所《よそ》から流れてきたアホ共の中に、街の人間相手に自分達《たち》の方が強いと勘違いしてる行動を取る奴が多かったらしいからな」

「害虫駆除といったところだな」

「害虫駆除って……」

アリーの説明を、ブルックが実に端的に言い表した。間違ってはいないかもしれないが、あまりにもあんまりな言い方に、悠利が呆《あき》れる。しかし、大人三人は誰《だれ》一人としてその言い方が間違っているとは思っていないようだった。

騒動があったときに自分達がいなくて良かったなぁ、と少しばかりホッとした悠利《ゆうり》だった。元々荒事は苦手だし、仲間達の中には血の気が多くてすっ飛んでいく面々も多い。何かが起きるのはごめんだった。

そんな風に能天気な悠利は、気付いていなかった。ブルックが何か言いたげにアリーを見て、アリーが面倒そうに視線を逸《そ》らした。ヤクモはそんな二人のやりとりに気付きつつ、あえて何も言わない。大人達には、大人達の思うところがあるらしかった。

とはいえ、留守番役がブルックとヤクモの二人だったので、何事もなく終わったとも言える。彼らは自分達がどう行動するべきなのかを冷静に判断出来る。また、何かに巻き込まれたところで、自力で対処が出来る。

ぶっちゃけた話をすると、ブルックとヤクモの二人は、組ませるとかなり強力なコンビだったりする。一騎当千を地で行く前衛の鬼であるブルックと、特殊な呪符型の魔導具を武器にして後方支援を担えるヤクモ。しかもどちらも判断力に優れているとなれば、鬼に金棒どころではないコンビだ。

自分達には関係のないことだと割り切って、彼らが騒動に関《かか》わらなかったのは、誰にとっても幸運なことだろう。捕まえる側の皆さんにしてみれば、いきなり過剰戦力に乱入されて現場が乱れるし、捕まる側にしてみれば、バカみたいに強い敵が増えることになるのだ。騒動が更に大きくなったに違いない。

「まぁ、こちらは概《おおむ》ね平和であったよ。時折レオーネ殿が遊びに来られていたしな」

「え？　レオーネさん、来てたんですか？」

「うむ。土産《みやげ》にケーキを持って、ブルック殿とお茶をしに。我もご相伴にあずかった」

「他《ほか》に誰もいないと解《わか》っているからか、いつも以上に遠慮がなかった」

「わぁ」

真顔で淡々と告げたブルックの言葉に、悠利は思わず乾いた笑いを零《こぼ》した。美貌《びぼう》のオネェは安定のようだ。顔馴染《かおなじ》みのブルックと、大人な対応をしてくれるヤクモの二人しかいないということで、楽しく乱入してきたのだろう。

ケーキ持参というところも、実に彼らしい。隠れ甘党なので自分でケーキを買いに行けないブルックを気にかけたのかもしれない。いつもならば、悠利やヘルミーネがケーキを買いに行くのだが、その彼らがいなかったので。

「レオーネさんって、アリーさんはからかうけど、ブルックさんのことはあまりからかわないですよね」

「俺は大抵のことは聞き流すようにしているからな」

「じゃあ、アリーさんは……？」

「聞き流せないぐらいにおちょくってくるからだ」

「……なるほど」

元パーティーメンバーという関係は同じなのに、両者の間に生じるこの温度差は何だろう。そんなことを悠利は思った。思ったが、多分何となく、口では何だかんだ言いつつも面倒見の良いアリーの性格のせいではないかと、感じた。言わなかったけれど。

僕達がいない間も、こっちはこっちで楽しそうだったんだなぁと思いながら、豆乳スープを口に運ぶ。優しい味が広がって、幸せな気持ちになった。こうやって美味《おい》しくご飯を食べる時間があるのは、本当に良いことだなぁと思う悠利だった。

なお、豆乳スープのレシピをラソワールに伝えたところ、オルテスタがとても気に入ったとお返事が届いた。ついでに、豆乳のお裾《すそ》分《わ》けがあったので、また作ろうと思う悠利でした。

# 特別編　お留守番組は平和でした

悠利達がジェイクの師匠であるオルテスタの招待で彼の別荘へと足を運んだ間、《真紅の山猫《スカーレット・リンクス》》のアジトは実に平和であった。何しろ、残っているのがブルックとヤクモの二人だ。問題など起こるわけもない。

二人きりの生活は、互いに干渉しすぎない大人二人ということもあって、実に静かにすぎていた。ドタバタ騒ぎを起こしている悠利達とはあまりにも対照的だ。

初日、悠利達が個人所有の転移門に驚いたり、オルテスタの別荘の広さに驚いたり、家憑《つ》き妖《よう》精《せい》・シルキーであるラソワールの分身に驚いたりしていた頃、留守番組はやっぱりとても平和に過ごしていた。

留守番担当として残っていたブルックは、廊下を行ったり来たりしているヤクモの姿に首を傾《かし》げた。ヤクモは基本的に落ち着いた性質の持ち主で、こんな風にうろうろすることは珍しい。しかも、持っているものがものだった。

「ヤクモ、布団を抱えて何をしているんだ？」

「せっかくの快晴故、皆の布団を干しておこうかと思ってな」

「……布団を？」

「うむ。シーツは代えがあるのでこまめに洗濯をしているが、布団はなかなか干す機会がないであろう？　主《あるじ》がおらぬ間に干しておけば良いと思ってな」

「何でまたそんなことを……」

少しばかり呆《あき》れたようなブルックに、ヤクモはいつも通りの落ち着いた声音で答える。彼には彼なりの理由があったのだ。一応。

「あの子らがおらぬ以上、身の回りのことは己でする必要があると思ったのだが、見事にやることがないのだ」

「……は？」

「衣類の洗濯は出発前にすまされているし、掃除も同様だ。更に言えば、数日分の食事も準備されている」

「は？」

「冷蔵庫に、常備菜の他に作り置きの料理が幾つか置いてあった。ユーリの書き置きと共に」

「……何をやってるんだ……」

ヤクモの説明に、ブルックはがっくりと肩を落とした。留守番をするのはブルックとヤクモの二人なので、特に何も準備しなくて良いと言い含めておいたはずなのだが、悠利はやりたいことをやってから出発していったのだ。洗濯と掃除も含めて。

そのため、ヤクモのやることがなくなってしまったのだ。悠利や見習い組がいないのならば、掃除や洗濯があると思っていたのに、それが全部すんでいるのだ。なので、それならばせめてものお礼も兼ねて、布団を干そうとしているのだ。

ヤクモの説明で彼が何故《なぜ》布団を抱えていたかを理解したブルックは、少し考えてから手伝うことにした。一人より二人でやった方が明らかに早いからだ。

ヤクモが布団一つを抱えて移動するのに対して、ブルックは三つほど抱えて移動する。この三つというのも、重さがどうのという問題ではない。持ちやすいか否かというだけの話だ。極端な話、重量だけならまだまだいける。

二人でやれば、自分達を除く全員分の布団を干すのもさっさと終わる。本日はぽかぽか陽気なので、しっかり乾いてくれることだろう。

そんなこんなで午前中を布団干しに少し使った二人は、悠利が作り置きした料理を利用した昼ご飯を食べることにする。暑いので涼しく温玉サラダうどんに、オーク肉の生姜《しょうが》焼き。ついでにデザートにフルーツ盛り合わせ。

「……何も作らずとも昼食が準備出来るのもどうかと、我は思う」

「同感だ」

「とはいえ、食さねば傷んでしまうのだから、ありがたくいただくほかないのだが……」

「何で出掛ける前に居残りの分の食事を作っていくんだ、あいつは……」

家事が染みついている悠利の行動に呆れつつ、二人は目の前の美味しそうな料理に手を伸ばす。

二人きりの食卓は静かで、いつもの騒々しさとはほど遠い。

箸《はし》を入れればぷちゅりと潰《つぶ》れる半熟の温泉玉子。とろりと流れる黄身をサラダとうどんに絡めて口へ運ぶと、めんつゆの味がまろやかになってとても美味しい。半熟の玉子には好き嫌いがあるのだが、少なくともブルックとヤクモはそれを忌避することはなかった。

サラダのシャキシャキとした食感と、うどんの弾力が口の中を楽しませる。うどんだけ、サラダだけでは地味かもしれないが、両者を併せることで見事な存在感だ。そこに温泉玉子が載っているので、コレ一品でも十分満足出来る。

「ところで、このうどんはどうしたんだ？」

食事の準備をしたのはヤクモだが、うどんを茹《ゆ》でた形跡がどこにもなかったので疑問に思ったブルックだった。それに対する返答は、実に簡潔なものだった。

「ユーリの置き土産《みやげ》だ」

「……は？」

「出立前に、以前作った茹でたてのうどんを魔法鞄《マジックバッグ》から取り出したらしい。なので、今朝茹でたのと同じ状態のうどんが冷蔵庫に入っていた」

「……あいつは本当に……」

がっくりと肩を落とすブルック。茹でたてのうどんが魔法鞄にストックされていることに関してか、自分が出掛ける日にそんな気遣いをしていることに関してか、どちらに脱力しているのか当人にも解らない。多分、両方だろうが。

しかも、二人がお代わりしても問題ないぐらいの分量が置いてあったのだ。至れり尽くせりとはこういうことで、二人揃《そろ》ってどうにも気が抜けてしまうのだ。別に、自分のことは自分で出来る良《い》い大人なのだから、そこまでしてくれなくても良いのにという感じで。

とはいえ、悠利があくまでも好意で、しかも特に重荷に感じることもなくやっているだろうというのも、二人には解っている。もう大分慣れた。きっと、向こうでも暇を持て余したら家事をするのだろうなと思う程度には。

「ヤクモ」

「何であろうか」

「今思ったんだが、もしかして作り置きの料理は、俺やお前の好みが反映されていないか……？」

「……」

ブルックの質問に、ヤクモはすっと目を逸らした。それが答えだった。悠利が作り置きして冷蔵庫に入れている料理は、二人が好んで食べるものばかりだ。そんなところまで気遣いされていた。

二人揃って盛大にため息を吐《つ》きながら、オーク肉の生姜焼きに手を伸ばす。焼くのではなくタレで煮込む形で作られているのだが、味がよく染みこんでいて大変美味しい。肉が柔らかくなっているのも良いのだろう。

オーク肉の弾力とシャキシャキ感を残したタマネギが、生姜の利いたタレの味で口の中を満たしていく。今日はサラダうどんなので白米は用意していないが、米の上に載せて食べればとても美味しい丼が完成すると思えるほどに美味しかった。

料理に文句はない。何一つ文句はなかった。美味しさを二人とも噛《か》みしめている。ただ、やっぱり、何で自分が出掛ける日にこんな気遣いをしているんだろうと思うだけで。

デザートのフルーツも、食べやすいようにカットされているものだ。それぐらい出来るんだがと思いつつ、悠利《ゆうり》の好意をありがたく受け取る二人だった。


そんなこんなで、大人二人の日々は静かにすぎていった。

どちらも自分の用事をする以外は、特に互いに干渉することはない。洗濯や掃除、食事の支度に関しては基本は自分で行い、どちらかがまとめて行う方が効率が良いときは互いに手伝うという感じだ。

例えば、洗濯は自分のものをそれぞれが数日おきに洗う。掃除は、人数が少ないので共有スペースは水回り以外はほぼ汚れないので、毎日は行わない。台所は使ったときに綺麗にし、風呂《ふろ》は手隙《てすき》の方が用意をするという形だ。

ちなみに《真紅の山猫》には男女それぞれ用の大浴場の他に、一人用の風呂とシャワーが存在している。なので今は、二人しかいないので一人用の風呂を使うことにしている。わざわざ大きな風呂を使う必要はない。二人ならば、入浴時間もさほどかからないのだから。

ともかく、悠利達が人工遺物《アーティファクト》を使って自分の現《うつ》し身と対面していたり、思いもよらない客人に大騒ぎしている頃、こちらは物凄《ものすご》く平和な生活が続いていた。あまりにも平和すぎて、気が抜けそうになるほどだ。

そんなある日の昼下がり、手土産持参の来客が訪れた。

「はぁーい、寂しいだろうアンタの顔を見に来てあげたわよー」

「帰れ」

「ルシアちゃんの新作、季節のフルーツタルト買ってきたんだけど」

「よく来たな。飲み物は紅茶で良いか？」

「……アンタって、本当に解《わか》りやすいわよねぇ……」

見事な掌返《てのひらがえ》しを披露するブルック。多分こうなるだろうと解っていたものの、いつも通り期待を裏切らない友人にレオポルドはため息を吐いた。

紅茶でお願いと告げる美貌《びぼう》のオネェの言葉を受けて、ブルックはうきうきで台所へと移動する。その背中を追うレオポルド。いつもと違って閑散としたアジトの様相に、少しばかりその表情に寂寥《せきりょう》が滲《にじ》んだ。

「うん？　これはレオーネ殿。どうされた？」

「新作のケーキを持ってきたの。良かったらご一緒にいかが？」

飲み物を取りに行こうとしていたヤクモは、珍しい来客に不思議そうに問いかけた。答えを聞いて納得はしたものの、悠利がいないのに来ると思っていなかったのが本音である。

麗しのオネェのお誘いに、凄腕の呪術師殿はしばらく考えてから口を開く。その表情はいつもと同じ、柔らかな微笑を湛《たた》えていた。

「ふむ、我の分もある、と？」

「ご心配なく。あのバカがお代わりしても平気なように、たっぷり買ってきたわ」

「それでは、御相伴にあずかろう」

茶目っ気たっぷりに告げたレオポルドの言葉に、ヤクモはゆっくりと頷《うなず》いた。ブルックが甘党なのは仲間達《たち》皆が知るところ。その彼が満足するまで食べる分があるというのなら、自分も交ざっても良いかと思ったのだ。

何しろ、食べ物の恨みは恐ろしい。特に、隠れ甘党であるブルックにとっては、甘味を買いに行くのですら一苦労だ。別に何を好もうが個人の自由なのだが、クール剣士と呼んで間違いない面差しと雰囲気の彼は、自分が菓子店では確実に浮くことを知っているのだ。

なので、普段はヘルミーネが嬉々《きき》として色々と買い出しを引き受けている。その彼女がいない今、ブルックは買い置きの甘味で口を満たしていた。そこへ、新作ケーキを引っ提げてのレオポルドの登場である。歓迎するに決まっていた。

二人が食堂に辿《たど》り着《つ》くと、そこではケーキを食べるための皿やフォークをテーブルに並べ、慣れた手つきで紅茶を準備しているブルックの姿があった。物凄く違和感がつきまとうが、《真紅の山猫》の指導係は一通りの家事をきちんとこなせるので、別にスペック的には問題はない。

しいて言うなら、普段クールな剣士殿の目元や口元が明らかに緩んでいるということだろうか。心なしかうきうきして見える。甘味の力、恐るべし。

「ブルックー、紅茶は三人分用意して頂戴《ちょうだい》ねー」

「ん？　あぁ、ヤクモも来たのか。解った」

「手数をかける」

「気にするな」

笑顔で告げたレオポルドの言葉に、ブルックはこくりと頷《うなず》いた。頭を下げるヤクモに向けられたのは、優しげな笑みだった。……心が完全に新作ケーキを食べることに向かっているのか、大変、ゆるゆる状態のブルックだった。

相変わらずだけど気持ち悪いわね、と身も蓋《ふた》もないことをぼやいたのはレオポルドだが、文句は飛んでこなかった。ブルックの甘味への愛は、その程度の暴言を聞き流すらしい。ヤクモはそんな二人を見ながら、(この御仁、本当に甘味が絡むとポンコツであるな……)と何度目になるか解らない感想を抱いた。今更なので諦《あきら》めてください。

ブルックが淹《い》れた紅茶と、レオポルドが買ってきた季節のフルーツタルト。突発的に発生したお茶会だった。

「このフルーツタルト、今回は生クリームの甘さを控えめにしたんですって。フルーツなら、食べられる人が多いかもしれないって」

「ふむ。ラジが食べられるかどうかで判断が分かれるな」

「とりあえず、アリーが好むぐらいの仕上がりだとは思うけど」

「あいつはまだ食べるだろ」

「まぁねぇ」

のんびりと雑談をしながら、彼らはフルーツタルトに手を伸ばす。生クリームの上に載っているのは、パイナップルや桃、マンゴーといった果物だ。甘さ控えめの生クリームと、口の中でサクサクの食感を楽しめる香ばしいタルト生地とのバランスが絶妙だ。

　ただ、客観的に見て、比較的甘い果物を使っている。果物の甘さは平気だという面々ならば、美味《おい》しく食べることが出来るだろう。ケーキの甘さは苦手でも、果物の甘さは平気という人はいたりする。

　ようは、生クリームなどの砂糖の甘さが苦手ということなのだろう。なので、果物の甘さは平気でも、シロップ漬けの甘さは無理という場合もある。一口に甘さと言っても色々あるのだ。

　牛乳の旨味《うまみ》を濃縮したような、砂糖の甘さに頼らない生クリームは確かに絶品だった。そして、その分の甘さは自分達が担当するのだというような旬の果物の甘さも際立つ。また、その二つを包み込むようなタルト生地の、控えめながらも芯《しん》のある旨味が口の中で調和する。

　とりあえず、三人の感想は美味しいで満場一致だった。流石《さすが》はパティシエのルシアさんというところだろう。彼女のケーキのファンであるブルックとレオポルドは、相変わらずの美味しさにうんうんと頷いている。

　フルーツタルトの甘さを堪能するために、紅茶は特に何も入れないストレートが用意されていた。甘いケーキとそのままの紅茶という組み合わせは、口の中の甘さを調整出来て良いのだ。抹茶と和菓子のタッグが最強であるように。

「うーん、流石ルシアちゃんだわ。本当に美味しい」
「美味しいな。美味しいが、季節のフルーツタルトということは、期間限定なんだな……」
「そこで露骨に落ちこむんじゃないわよ。期間限定とはいえ、数量限定じゃないんだから」
「ヘルミーネが戻ってきたら買いに行かせよう」

「相変わらずねぇ……」

年中これを楽しむことは出来ないのかとしょんぼりしているブルック。色々とがっかり残念な元パーティーメンバーに、レオポルドは呆《あき》れたようにツッコミを口にした。なお、ヤクモは慎ましく無言を保ち、フルーツタルトと紅茶の美味しさを堪能していた。

ぺろりとフルーツタルトを二つ平らげたブルックは、そこでふと思い出したと言いたげにレオポルドに声をかけた。

「ところでお前、店はどうした？　今日は定休日じゃないだろう？」

「聞くのが遅いわよ、アンタ」

新作のスイーツに意識が完全に持って行かれていたというのがよく解る台詞《せりふ》だった。安定すぎるブルックに、流れるようにツッコミを入れるレオポルドだ。

「今日は臨時休業よ。忠告もいただいたし」

「忠告？」

「……ええ。今日はちょっと、騒ぎが起きる予定らしかったから」

従業員とお客様の安全を守るのも店主の務めよ、と嘯《うそぶ》くレオポルド。香水を売る彼の店では、普段は売り子の女性が店番をしている。何せ、店主は香水作りに忙しいからだ。その彼が定休日以外で店を閉めるというのは、それなりの理由があった。

騒ぎが起きる予定と聞いて、ブルックとヤクモは顔を見合わせた。微妙に物騒な台詞だが、彼らには思い当たることがあったのだ。

「それは、今朝からずっと街が妙にざわついていたのと関係があるのであろうか？」

「あるわね」

「この辺りには特に影響はなさそうだったが、妙な面々がうろついている気配があったな」

「妙って言うのは失礼だと思うわよ。ちゃんとした人達のようだから」

「つまり、お前は色々と知っているわけか」

「触りだけね」

ヤクモとブルックの質問に、レオポルドは静かに頷いた。店を臨時休業にして、手土産持参でわざわざやって来たのはそのせいだ。何もない日にやって来ることもあるが、今日は一応、理由があって赴いたというのが彼の本音である。

二人はじっとレオポルドを見ている。街の騒動など、基本的には彼らにはあまり関係がない。自分の身は自分で守れるし、今は守らなければならない子供達もいない。それでも、わざわざレオポルドがやって来たというのが気になる彼らだった。

どうでも良い理由ならば、こんな風に思わせぶりなことはしないだろう。二人にそうさせるだけの信頼が、この美貌のオネェにはあった。

「ちょっとした捕り物よ。建国祭からこちら、おいたがすぎる人達がいるのを、捕まえるつもりらしいわ」

「そんなに治安に影響があったか？」

「治安じゃないわ。特定の相手に対する行動を咎《とが》めるため。……まぁ、つまるところ、釘《くぎ》を刺すためなんでしょうね」

「『釘を刺す？』」

レオポルドの言葉に、ブルックとヤクモは同時に呟《つぶや》いた。誰《だれ》が、誰に、何のために。言葉にされなかったその問いかけを受けて、レオポルドは詳しい説明をした。

とはいえ、彼も事の全容を知っているわけではない。持ち前の洞察力で、色々と推察しただけにすぎない部分が大きいのは事実だ。

「ティファーナの知り合いの閣下という男性をご存じ？」

「建国祭のときにティファーナ嬢をエスコートしていた男性であれば、顔は拝見した」

「アンタは？」

「直接顔を合わせたことはないが、どういう関係の人物かは知っている」

「そう。なら、アンタにはこれで解るんじゃないかしら？　今回の大捕り物の主導者は、その閣下よ」

「……なるほど」

首を傾《かし》げているヤクモと異なり、ブルックは短い説明で色々と察することが出来たらしい。ただ、自分が察した内容を口にはしなかった。レオポルド以上にアレコレと知っているブルックなので、余計なことを言わないようにと思ったのだ。

ただ、別の部分が気になったので問いかけることにした。

「それで、お前はどうして閣下を知ってるんだ？」

「建国祭のときに、奥様へのお土産《みやげ》をうちで買ってくださったのよ」

「そういうことか」

「えぇ。そのご縁で、今回のことを事前に連絡してくださったのよ。今日は少々騒がしくなるので申し訳ない、とね」

「店を閉めたのはお前の判断か」

「どの辺りでどの規模の騒ぎが起きるか解らなかったから、いっそ休みにした方が無難だと思ったのよ」

別に赤字ってわけでもないし、と美貌のオネェはさらりと言い放つ。実際、お貴族様を顧客に持つ彼の店の経営は安定している。一日臨時休業をしたところで、影響は殆《ほとん》どない。

二人の会話を聞いても裏に潜む事情がよく解らなかったヤクモは、しばらく考えてから口を開いた。他人の事情に首を突っ込むのは趣味ではないが、ここまで思わせぶりだと気になってしまうのも事実だったので。

「して、その閣下の目的は何であったのか？」

「あぁ、あくまであたくしの臆測《おくそく》だけど、ティファーナに関《かか》わるなっていう警告だと思うわ」

「ティファーナ嬢に？」

「正確には、あの子の周りの人間にも手を出すなっていう牽制《けんせい》でしょうねぇ」

ティファーナが何か危ない目にあったとは聞いていないのでヤクモが不思議そうな顔をすると、レオポルドはさらりと自分の考えを述べる。視線で問われたブルックは、解るか解らないか程度に頷いた。詳しい事情を説明することはなかったが。

何かを考え込んでいるヤクモに、レオポルドはヒントを与えるように告げた。ヤクモの耳にも入っていただろう、ある出来事についてだ。

「ティファーナの幼馴染《おさななじ》みのアルガくんが怪我《けが》をしたのは知っているでしょう？　多分、今回のことはそれ絡みよ」

「む？」

「ティファーナじゃなくて、彼女と関わりのある誰かに危害が加えられた。それを知った閣下が、余計な行動を取った相手に釘を刺すためにも大捕り物を繰り広げた。多分、そんなところね」

「なるほど」

どうよ？　と言いたげに視線を向けられたブルックは、ひょいと肩を竦《すく》めた。解《わか》りにくいが、確かにそれは肯定だった。その裏にある事情に関しては、相変わらず口を割らなかったが。

アルガが怪我をしたのは、ヤクモの耳にも入っている。何せ、悠利《ゆうり》がルークスを連れてお手伝いのアルバイトに出掛けていたのだから。それほど大きな怪我ではないにせよ、利き腕を負傷したとは聞いている。まさかそれが、こんな風に繋《つな》がるとは思わなかったが。

ただ、ティファーナに執着する貴族がいるというのは、ヤクモも知っていた。詳しい事情は知らない。彼女が、己の身の安全と周囲への影響を抑えるために《真紅の山猫《スカーレット・リンクス》》に身を置いているのは聞いている。アリーの庇護《ひご》下に入るためだと。

だからこそ、彼女が手を出されることはない。相手がどれほどしつこかろうと、こちらが応じなければ何も問題は起こらない、はずだった。

その目論見が外れ、巻き込まれるような形でアルガが負傷したのだとすれば、ティファーナの心労はいかほどのものか。そして、彼女を可愛《かわい》がっている閣下が、それを見かねて行動を起こしたということになるのだろう。

そこまで考えて、ヤクモははたと口を開いた。

「もしや、此度《こたび》の避暑の誘いもまた、そこに繋がるのであろうか？」

「あら、そうなの？　随分とタイミングが良いとは思ってたけど」

騒ぎの当日どころか、その前後ですらもティファーナがいないという状況が意図的に作られたものなのかというヤクモの疑問に、レオポルドも首を傾げた。確かに、色々と考えてみると随分とタイミングが良すぎる。

二人の視線を受けたブルックだが、今度は知らないというように首を左右に振った。実際、何も知らないのだ。

「アリーは何も言っていなかったから、どうかは解らん」

「でも、閣下がそれなりの身分の方だとしたら、導師と連絡は取れるわよねぇ？」

「あの御仁の師匠殿は、それほどに高名なお方か？」

「確か、王立第一研究所の名誉顧問だ。王族にも顔が利く」

「……それほどの師に、何故《なぜ》あのような男が……」

「……ヤクモ」

「貴方《あなた》のジェイク嫌いも、相変わらずねぇ……」

疑問に答えてくれた二人に対して、ヤクモは地を這《は》うような低音でぼやいた。腹の底から、何でそれであんなダメ男が出来上がるんだとでも言いたげだ。今日もヤクモのジェイク嫌いは絶好調だった。

ただ、ジェイクの名誉のためにも言っておくが、ジェイクはヤクモに何かをしたわけではない。彼らは致命的なまでに性格とか性質とか考え方とかが、合わないのだ。合わないのに同年代。何かと比べられたり、まとめられたりしそうになるので、ヤクモが嫌がっているともいう。

片方が嫌っているのに、片方が嫌われていることに全然気付かずにマイペースというのが、ヤクモとジェイクの関係だった。関係の改善がみられるとするならジェイクがダメ男を脱却することだろうが、多分無理である。そんなことが出来るなら誰も苦労はしない。

「ジェイクのことはさておき、アリーが知らないだけという可能性もある」

「導師と閣下で話が終わってる、と?」

「或《ある》いは、本当に偶然か、だ。もしアリーが知っていたら、少なくとも俺には伝えているはずだ」

「それもそうね」

ブルックとアリーは元パーティーメンバーであり、今では共に《真紅の山猫》を支える立場にある。リーダーはアリーだが、いざというときに実働部隊として動くのはもっぱらブルックなので、その辺りの情報は基本的に共有されている。

だからこそ、ブルックが何も知らないというのは、アリーも知らないということだろうと彼らは結論づけた。

「穏やかそうな方を怒らせると怖いっていう、見本みたいなものかしらね」

「無関係の他人に手を出す愚かさの方が教訓になるんじゃないか」

「あら、無関係とも言えないでしょ。ティファーナとあそこの一家は家族みたいなものだもの」

「それなら尚更、相手の大切な家族に手を出したところで何も手に入らないと学ぶべきだな」

きっぱりはっきり言いきるブルックの言葉に、レオポルドもヤクモも異論はなかった。まさにその通りだ。誰かの大切な相手を傷つけて、その相手が自分に従うと思うのは愚の骨頂である。力でねじ伏せたところで、相手の心は手に入らないのが通説である。

とりあえずは、今日の騒動が何が原因かを何となく察した三人だった。察したからとはいえ、それを積極的に吹聴するつもりはない。何があったかを聞かれたら、捕り物があったらしいと答える程度だ。

平和で平穏な日常のために、見なかったフリをするのは大人の処世術だ。三人共、面倒くさいことに巻き込まれるつもりはなかったので。

「ところで……」

「どうかした？」

話題が途切れ、しばらくの沈黙の果てにブルックが口を開く。真剣な声音に居住まいを正すレオポルドとヤクモ。そんな二人に向けて、ブルックは静かに問いかけた。

「どれぐらいなら食べても良《い》いんだ？」

「「……」」

物凄《ものすご》く真剣な顔で、真剣な声で、ブルックはそんなことを宣《のたま》った。会話の最中にも二つほどフルーツタルトを平らげていたが、どうやらまだ足りないらしい。ちなみに、フルーツタルトの在庫はまだまだある。

友人の胃袋の大きさを理解している美貌《びぼう》のオネェは、呆《あき》れまくった顔で告げる。

「好きなだけ食べなさいよ。あたくし、そんなに食べたら太るから、これは基本的にアンタへの手土産よ」

「我も、それほど甘味に欲求があるわけではないので、一つで十分だ」

「そうか。ならばいただこう」

二人の返答に、ぱっと表情を輝かせてブルックはお代わりを開始する。決してがっついているわけではないのだが、それなりの大きさのフルーツタルトをひょいひょいと食べてしまうのがブルックであった。味わってはいるのだが。

ご機嫌でフルーツタルトを食べるブルックを見て、レオポルドとヤクモは顔を見合わせて肩を竦めた。本当に、甘味が絡むと色々とポンコツになる男である。

珍しいメンバーでのお茶会は、ブルックが満足するまで続くのでした。いつもと違う日常でも、平和なので問題ありません。

# あとがき

初めましての方、こんにちはの方、どちら様も本書をお買い求めくださり、ありがとうございます。作者の港瀬《みなとせ》つかさです。

さて、こんな風に挨拶《あいさつ》をするのも何度目だろうと書籍の巻数を数えてみたら、今回が十三巻となっております。十三巻。思えば遠いところまで来たものだと、しみじみと思ってしまう巻数です。はい、いつものごとくですが、手元に本があっても「そんなに書いてた……？」と実感が湧いておりません。現実に適応するのは難しいです。

そんな戯言は横に置いて、今回の内容についてです。十三巻は、悠利《ゆうり》達が皆《みんな》でお出かけをしております。夏と言えば避暑だろ！　みたいなノリで彼らにもお出かけしてもらいました。

お出かけ先は、ジェイクさんの師匠であるオルテスタさんの別荘です。オルテスタさん、八巻の建国祭編でちらりとお姿は出ていたのですが、この度めでたく再登場されております。合法ショタのお師匠様です。見た目は美少年ですが中身は食えないお爺《じい》様なところが、ジェイクさんの師匠らしくて良いのではないかと思っております。

別荘で楽しく過ごす悠利達に彩りを添えてくれる、新キャラのラソワールさん。家憑《つ》き妖精《ようせい》のシルキーさんですが、これがもう、シソさんが素敵なイラストを添えてくださっておりまして。拝見した瞬間、「何この美人。凄《すご》い。素敵」と語彙《ごい》力がどこかに吹っ飛んだ作者です。語彙力は軽率に失われるのですが、多分どこの作者もそんなもんだと思っています。イラストの素敵パワーの前には作者の語彙力は粉みじんになるのです。多分。

そして、今回の目玉はと言えば、再登場を果たしたフレッドくんでしょうか。いつかまた出してあげたいと思っていたので、それが叶《かな》って大満足です。フレッドくんは良い子なので、悠利達とこれからも仲良くしてほしいなぁと思っております。

また、不二原理夏《ふじわらりか》先生作画のコミカライズも好評連載中です。コミックスも五巻まで発売しております。原作三巻に突入しているので、ルーちゃんの出番がてんこ盛りで一人で大喜びしております。不二原先生のルークスも、とてもとても愛らしいのです。癒やしパワー満載です。

コミカライズ版は原作小説と話の流れが少し違ったりしますが、原作と合わせてコミカライズも楽しんで貰《もら》えればとても嬉《うれ》しいです。美味《おい》しそうなご飯はどちらにもありますし！

今回も、担当さん、シソさん、校正さんやデザイナーさんなど、多方面の皆様にご助力いただいて、無事に本が出ることになりました。ありがたいことです。いつも迷惑ばかりおかけして申し訳ありません。頑張って精進したいです……。

それでは、これにて失礼いたします。次回もまた、皆様にお会い出来ますように。ありがとうございました。

カドカワBOOKS

# 最強《さいきよう》の鑑定士《かんていし》って誰《だれ》のこと？ 13
~満腹《まんぷく》ごはんで異世界生活《いせかいせいかつ》~

2021年7月10日　初版発行

著者／港瀬《みなとせ》つかさ

発行者／青柳昌行

発行／株式会社KADOKAWA

〒102-8177
東京都千代田区富士見2-13-3
電話／0570-002-301（ナビダイヤル）

編集／カドカワBOOKS編集部

印刷所／暁印刷

製本所／本間製本


Printed in Japan
ISBN 978-4-04-074153-6 C0093

# 新文芸宣言

かつて「知」と「美」は特権階級の所有物でした。

15世紀、グーテンベルクが発明した活版印刷技術は、特権階級から「知」と「美」を解放し、ルネサンスや宗教改革を導きました。市民革命や産業革命も、大衆に「知」と「美」が広まらなければ起こりえませんでした。人間は、本を読むことにより、自由と平等を獲得していったのです。

21世紀、インターネット技術により、第二の「知」と「美」の解放が起こりました。一部の選ばれた才能を持つ者だけが文章や絵、映像を発表できる時代は終わり、誰もがネット上で自己表現を出来る時代がやってきました。

UGC（ユーザージェネレイテッドコンテンツ）の波は、今世界を席巻しています。UGCから生まれた小説は、一般大衆からの批評を取り込みながら内容を充実させて行きます。受け手と送り手の情報の交換によって、UGCは量的な評価を獲得し、爆発的にその数を増やしているのです。

こうしたUGCから生まれた小説群を、私たちは「新文芸」と名付けました。

新文芸は、インターネットによる新しい「知」と「美」の形です。

2015年10月10日
井上伸一郎

ゲーム知識を使って、
らくらく
レベル上げ＆
スキルをゲット！
元・世界1位の
サブキャラ育成日記
～廃プレイヤー、異世界を攻略中！～
沢村治太郎
illust.まろ

colate
魔王《まおう》になったので、
ダンジョン造って
人外娘とほのぼのする
MAOU NI NATTA-NODE
DUNGEON
TSUKUTTE
JINGAI-MUSUME
TO HONO-BONO
SURU.
カドカワBOOKS

The exiled reincarnated duke wanted to take it easy
on the frontier and work the fields.
追放された転生公爵は、
辺境でのんびりと畑を耕したかった
～来るなというのに領民が沢山来るから
内政無双をすることに～
少年エースplusにて
コミカライズ
連載中！
漫画：佐藤夕子
シリーズ好評発売中！

悪役令嬢になんかなりません。
私は『普通』の公爵令嬢です！
明。
illustration
秋咲りお

カドカワBOOKS
死亡フラグ回避のはずが、
ヒロインイベントが発生!?
B's-LOG COMICS
コミックスも
発売中!!!!!
漫画：ユハズ
シリーズ好評発売中
乙女ゲームの死亡フラグ満載な悪役令嬢に転生したロザリンド。ゲーム知識を使い運命を変えるべく行動するも、事件が次々と勃発！　しかも、ヒロインにおこるはずのイベントをなぜかロザリンドが回収しちゃってる!?